El enamorado secreto

Camila Winter

Published by Camila Winter, 2020.

EL ENAMORADO SECRETO

First edition. January 8, 2020.

Copyright © 2020 Camila Winter.

ISBN: 979-8224579464

Written by Camila Winter.

Sólo el amor y el arte hacen tolerable la existencia.
(William Somerset Maugham)

El enamorado secreto
Camila Winter

CAÍA LA TARDE ESE DÍA de setiembre en Forest Manor; hogar de la familia Hampton en Devon y una suave brisa agitaba las hojas caídas en el suelo del alerce, haciéndolas danzar y revolotear en el aire sin parar presagiando que el verano definitivamente llegaba a su fin. Eso pensaba la señorita Angelet Hampton observando ese paisaje con un dejo otoñal mientras se cubría con un chal de seda color beige y se preguntaba con inquietud si llovería el fin de semana.

"Tal vez no", se dijo mientras sostenía y ocultaba de forma deliberada: la misteriosa carta de amor que acababa de recibir. No era la primera vez que pasaba, tenía más de diez cartas similares a esa, pero no eran todas iguales. La jovencita miró a su alrededor con mirada alerta y la abrió, no debía conservar esas cartas, sus padres se lo habían prohibido, pero lo hacía, no sólo las guardaba cuidadosamente en una caja de madera labrada, sino que de vez en cuando las leía a escondidas.

Eran versos atormentados y extraños escritos en trazos irregulares, los leyó de nuevo.

"Cerrar podrá mis ojos la postrera
sombra que me llevare el blanco día,
y podrá desatar esta alma mía
hora a su afán ansioso lisonjera;
mas no, de esotra parte, en la ribera,
dejará la memoria, en donde ardía:
nadar sabe mi llama la agua fría,

y perder el respeto a ley severa.

Alma a quien todo un dios prisión ha sido,

venas que humor a tanto fuego han dado,

medulas que han gloriosamente ardido:

su cuerpo dejará no su cuidado;

serán ceniza, mas tendrá sentido;

polvo serán, mas polvo enamorado" (F.Quevedo).

Ángel, el demonio es este amor que carcome mi alma entera y el anhelo de veros, de teneros entre mis brazos..."

Ese misterioso admirador sabía su nombre por supuesto, era alguien cercano, pero ¿quién demonios? Hacía mucho tiempo que le escribía esas cartas sin querer dar su nombre, sin esperar una respuesta, a veces firmaba "un admirador secreto" y lo era por supuesto. Secreto y constante. Vaya, ese asunto empezaba a intrigarle.

—Pero, ¿qué haces?

Su hermana menor Clarise la descubrió escondiendo la misteriosa carta.

—Nada...

Los ojos cristalinos de su hermana brillaron con picardía. Acababa de ser presentada en sociedad y estaba francamente insoportable y malhumorada, que su talle no era correcto, que los vestidos de la modista estaban pasados de moda. Que ningún caballero la invitaba a bailar mientras el carné de baile de su amiga Ellen estaba siempre lleno...

"Oh, ¿por qué no soy tan bonita? Así no podré encontrar esposo, seré una solterona..." se quejaba amargamente.

—Oh sí, es tu enamorado secreto, ese que te escribe cartas de amor, ¿crees que no lo sé? Pero escondedlas, nuestro padre se disgustará—continuó. Al parecer estaba decidida a fastidiarla.

Los ojos azules de Angelet se oscurecieron de repente cuando su hermana quiso leer la carta.

—No, ni lo sueñes.

Clarise la enfrentó molesta.

—Si no lo hacéis le diré a nuestro padre y os castigará.

—Pues no haréis tal cosa, porque si mencionáis esta carta le diré que os besasteis con ese teniente a escondidas—dijo Angelet.

La jovencita no lo tomó a broma y se puso roja como un tomate de la rabia.

—Está bien, tú ganas... Pero os advierto que no podéis seguir conservando esas cartas. Sabes... creo tener ciertas sospechas sobre su autor.

No era la primera vez que especulaban sobre eso, parecía un acertijo endiablado. ¿Quién le enviaba esas cartas? Hacía más de dos años que había recibido la primera y luego rosas, cartas breves, poemas tan bellos que fue incapaz de quemarlos en la estufa como le había ordenado su madre. Sólo porque estaba comprometida y esas cartas podían comprometer su reputación. Vaya, si eso pasaba sería un desastre...

—Bueno, suelta ya, ¿quién crees que escribe estas cartas?

Clarise, su hermana ladina sonrió de oreja a oreja.

—Pues tengo dos teorías al respecto. O es Ted, el hermano retrasado de la prometida de nuestro hermano.

No, esa posibilidad le pareció un espanto. Teodore era un joven nada atractivo, tan loco como su hermana, aunque su locura era más graciosa por supuesto, la de su futura cuñada espantaba.

—¿Y la otra posibilidad?

—Pues creo que es un enamorado de Londres. Sí, luego de ser presentada pensó que podría conquistaros con esas cartas...

—Eso es ridículo Clarise, nadie sensato haría esto. En ocasiones me asusta, pero... si las cartas no fueran tan bonitas pues sí las arrojaría al fuego y le pediría ayuda a nuestro padre.

—¿Y por qué no lo haces? ¿Cómo rayos llegan tantas cartas sin que llegue primero a manos de nuestro mayordomo? Sabes que nuestro padre ha dado órdenes de que cualquier carta que llegue para ti debe ser interceptada y enviada a él primero.

—Es que ese es parte del misterio, parece un fantasma, pero los fantasmas no escriben cartas de amor ni envían capullos de rosa.

—Por cierto, que no... tienes mucha razón. Ahora creo que ese caballero tarde o temprano te buscará, al parecer no le importa que os hayáis comprometido con Ravenston. Oh, ¿por qué a mí nadie me escribe cartas de amor? Estoy soltera y ansiosa de que un hombre se enamore de mí—se quejó su hermana menor.

Angelet no le prestó atención y corrió a su habitación a guardar cuidadosamente esa última carta. Era algo extraña a decir verdad pensó mientras la escondía en una caja de madera con dibujos en la tapa. Todas lo eran.

En ocasiones le decía simplemente: "Mi ángel, no penséis ni por un instante que os he olvidado. Nunca dejo de pensar en ti. Jamás..." Y las otras cartas era un trozo de poesía o algún verso como ese: "Nadie tiene dominio sobre el amor, pero el amor domina todas las cosas" (Jean De La Fontaine).

A ella le encantaba leerlas en la soledad de su habitación cuando nadie la veía, a hurtadillas, mientras se preguntaba quién era el autor de tan románticas cartas de amor. ¿Acaso era un admirador secreto que aguardaba el momento oportuno para declararle su amor?

Angelet suspiró mientras regresaba la caja de madera bajo una repisa dónde guardaba vestidos viejos y algunas labores de aguja, sabiendo que allí estarían a salvo.

"En realidad ya no importa esto, en tres meses voy a casarme con sir Ravenston y no debería prestar atención a estas tonterías... Si mi prometido se entera pensará que soy una coqueta descarada" se dijo. "Y por Dios que tal cosa no es verdad, sólo siento curiosidad de saber quién es y nada más..."

Unos pasos en la habitación llamaron su atención. Su hermana menor tenía cara de enfurruñada.

—Angie por favor... promete que no dirás nada de... lo que ya sabes—farfulló.

Ella sonrió tentada. Su hermana era tan perezosa que rara vez le decía el nombre entero, siempre lo abreviaba llamándola "Angie o Ange".

—Está bien, no diré que te besabas con ese teniente, pero no vuelvas a hacerlo, si te ven ningún caballero decente se acercará a ti. Y por favor deja de amenazarme con decirle a nuestro padre de las cartas.

Clarise asintió con grave semblante mientras extendía su mano derecha.

—¡Lo prometo! —exclamó—Pero quiero deciros que es peligroso, que lo es de todas formas, que conserves esas cartas es un riesgo para vuestra reputación.

Angelet no prestó atención a su hermana, últimamente estaba insoportable ante la perspectiva de ser presentada en sociedad la semana próxima y cualquier cosa la irritaba o alteraba.

—Eso no pasará, vamos, son sólo unas cartas—le respondió.

—Pues yo creo que sí es riesgoso para vuestra reputación. Si vuestro prometido se entera que un caballero misterioso os escribe cartas desde hace... ¡Diablos! Hace mucho tiempo que recibes esas cartas Angie.

Tenía razón, la primera la había recibido hacía más de un año y luego... las recibía con cierta frecuencia. Cartas y rosas o bombones, siempre con algún mensaje breve y como no sabía quién era no podía decirle que dejara de enviarle cosas.

Cuando sus padres se enteraron no tomaron muy bien el asunto y dieron órdenes a los sirvientes de que cada carta, mensaje o presente para la señorita Hampton fuera enviado de inmediato a Lord Hampton o su esposa Lady Sophie, pero rara vez lograban interceptar esas cartas y regalos que llegaban a la mansión de Forest Manor de una forma rara y misteriosa. Como si el autor de esas misivas conociera cada rincón de la mansión y pudiera introducirse allí sin ser visto ni oído para luego dejar los mensajes en su habitación antes de que nadie supiera de su existencia.

—Angie, ven aquí por favor. Estás distraída—se quejó Clarise—Ayúdame con este corsé, no puedo ir así, me veo como una pelota—parecía al borde de las lágrimas pavoneándose con su vestido de un tono pastel muy bonito y elegante.

Angelet se acercó y resignada suspiró. No había mucho para hacer, hasta que su hermana no consiguiera un pretendiente que le prestara atención le haría la vida imposible. Y pensar que la suya había sido una presentación tan discreta...

Puso manos a la obra y ajustó el corsé mientras su hermanita se miraba ceñuda en el espejo.

—Un poco más—exigió—Debo parecer de talle fino. Sabes que están muy de moda.

El talle fino, los rizos en la frente, saber tocar el piano y cantar... Lo que estaba totalmente fuera de moda era bordar en presencia de extraños, pero su madre lo seguía haciendo cada vez que se reunía con sus amigas.

Angelet pensó que ajustar tanto el corsé era una locura, pero no dijo nada. Rayos, tuvo que contenerse para no reírse, la pobre Clarise sí que sufría. Decía que no tenía un talle fino como se estilaba entre las señoritas, y a pesar de ser rubia y de facciones muy delicadas no estaba nada contenta y la acusaba de robar todas las miradas y la atención de los posibles pretendientes.

¡Oh, qué latosa era a veces! De un tiempo a esta parte luego de tener su fiesta de presentación se había puesto insoportable, usando corsé demasiado ajustados para disminuir su talle y dejando de comer para lograrlo, rizando su cabello y usando toda clase de artificios para embellecerse.

Ahora estaba rabiosa porque los bucles no habían quedado tan perfectos como ella quería y quiso culparla.

—¡Ay Angelet te dije que me ayudaras! No quedaron bien...

La joven se acercó al espejo y la ayudó a alisarse el vestido rosa. Ese vestido no la favorecía, tenía un miriñaque demasiado ancho y sus brazos regordetes y demás encantos se veían apretados, y al ajustar tanto el corsé notó que los pechos de su hermana parecían a punto de estallar.

—Clarise, no puedes usar ese vestido, parece que no es tu talla—dijo con cautela.

Tenía razón y la mirada cristalina de su hermana menor se llenó de lágrimas.

—Sí, es mi talla, pero es que ya nada me sirve—se quejó—Me he puesto gorda que da miedo... no puedo ajustar mi talle y este color no me favorece, pero... ¿Qué otro podría usar? Soy una debutante y debo verme bien, discreta, no puedo usar colores oscuros como las viudas.

Angelet sintió pena y la abrazó. Demasiada presión tenía la pobre. Sus amigas estaban casi todas comprometidas o con algún flirt mientras que la pobre Clarise solo se le había acercado un militar que le doblaba la edad y otro joven de muy mala reputación. Ambos candidatos fueron descartados de plano y ahora debía volver a la búsqueda de marido. La exhaustiva búsqueda de esposo.

—No digas eso... Este vestido es hermoso y resalta tu cabello rubio y tus ojos. Pareces un ángel, Clarise... sólo que deberías liberar un poco el corsé... te dolerá la panza si no lo haces.

Su hermana menor aceptó que lo hiciera.

—Claro, tú estás muy tranquila porque estás comprometida con sir Ravenston. En menos de un mes de tu llegada a Londres ya tenías un marido asegurado.

Los ojos de Angelet brillaron sin poder evitarlo.

Tenía razón, su vida estaba asegurada en su sentido más literal pero no se sentía tan feliz en esos momentos, pues la boda había sido concertada por su familia y todo el cortejo casi pareció algo fingido y estudiado. No estaba enamorada de Ravenston, por Dios, ¿cómo podía estarlo si lo había conocido hacía seis meses? Fueron sus padres y su hermano quiénes la convencieron de alentar esa amistad pues se trataba de un rico heredero de Cumbria y si pedía su mano, viviría en un señorío de ensueño en las heladas tierras del Distrito de los Lagos, en una propiedad inmensa llena de ovejas, cabras, y algunas aves y especialmente sería la señora de un mansión lujosa y hermosa.

—¿Ya te ha besado? —quiso saber Clarise con picardía.

Ella pestañeó inquieta.

—¿Qué?

—Pregunto si te ha besado Charles, boba.

Angelet la miró con fijeza.

—Deja de hacer preguntas por favor. No diré una palabra.

—Oh por supuesto... eres una remilgada Angelet.

—No, no lo soy.

—Y sin embargo los caballeros nunca me miran si vos estáis presente—disparó Clarise.

Angelet sintió que no podría soportar otro berrinche de su hermana ese día, tenía los nervios a flor de piel y desde hacía meses que Clarise berreaba porque nadie se fijaba en ella. Decía que era su culpa pues no había logrado adelgazar ni hacer que su talle se viera esbelto, que todo se debía a su mala suerte, o a que nadie la miraba si su hermana mayor estaba presente porque Angelet era la única de las hermanas que había heredado la belleza delicada y etérea de su madre que aún conservaba su delgado talle a pesar de los años. La cabellera castaña, la piel de porcelana y la mirada dulce y tan suave de Angelet había atraído a los pretendientes indicados al instante y en menos de un mes sir Charles se había convertido en su amigo más cercano... y tres meses después en su prometido. Y ahora todo iba viento en popa pues se casarían en menos de tres meses.

Clarise pensó que nunca podría ser como Angelet. Y sin embargo ese día la notó extraña, callada, pensativa y de pronto notó que todavía no se había vestido.

—¿Acaso no irás a la fiesta de la amiga de mamá? —le preguntó.

Luego de liberar el corsé un poco con la ayuda de su hermana y cubrirse los brazos desnudos con un chal de seda de la India el vestido quedaba mucho más discreto y elegante.

—En realidad quisiera quedarme aquí... me duele la cabeza—dijo Angelet evasiva.

—Mamá se disgustará Angie, vamos, haz un esfuerzo. No será que esperas la visita de tu enamorado secreto, ¿verdad?

—¡Por supuesto que no! Qué tonterías dices.

—Y yo me pregunto cómo le hace para enviarte esas cartas sin que nadie lo descubra. Es muy extraño, ¿no crees?

Sí, lo era por supuesto, pero no quería hablar de eso. Su madre llegaría de un momento a otro.

—Pues qué afortunada eres... tendrás un marido muy pronto y un enamorado que os enviará cartas de amor—dijo entonces Clarise con envidia.

—Es una tontería eso que dices Clarise—le respondió nerviosa—no me interesa ser cortejada por un fantasma, por alguien tan cobarde que envía versos de amor, pero no quiere mostrarse. Además, soy una joven comprometida.

—Oh no mientas por favor, se te nota Angelet... te has puesto muy colorada. Vamos, tú no sientes algo muy intenso por sir Charles. Él sí está locamente enamorado de ti, te sigue como bobo a todas partes, pero tú... tú no lo quieres, ni siquiera soportas que te bese, creo.

Esas palabras fueron como un puñal certero y Angelet pensó que cuando su hermana se ponía en ese trece era insoportable.

—¿Acaso has estado espiándome, pequeña entrometida? —se quejó.

—No... solo los vi besándose el otro día en los jardines. Bueno, él os besaba en realidad...

Angelet se alejó molesta, tenía razón por supuesto. Ese beso no había sido de su agrado, robado y apasionado en exceso no parecía encajar en la personalidad tan cerebral y calmada de su prometido, pero...

La voz chillona de su hermana le provocó un sobresalto.

—¡Angie! Tenemos que salir. Angelet. Mamá se disgustará si no nos acompañas. Ven.

—No. Es que no puedo ir ahora, me ha dado una jaqueca espantosa. Dile a mamá... creo que me iré a dormir.

—Bueno, en realidad sí te ves pálida, tú que siempre eres tan rosada—opinó su hermana y de pronto la vio mordisquear un dulce—¿Te pasa algo?

Su hermana no respondió, no quería decirle que acaba de oír una conversación entre su hermano y su amigo Thomas Harvey el otro día y preocuparla, pero sentía una angustia espantosa de pensar que por una tontería se retaría a duelo con sir Praxton, apodado "el diablo de Dartmoor".

Debía hacer algo para evitarlo, pero ese día no pudo hacer nada. Su madre fue a verla poco después para decirle que era imposible que faltara a la cita de esa tarde pues estaría presente su prometido y sería descortés dejarle plantado.

A LA MAÑANA SIGUIENTE Angelet despertó temprano y fue a buscar a su hermano al páramo una hora después montada en su yegua. Sabía que todas las mañanas salía con su padre a cabalgar, a recorrer el próspero señorío de Forest Manor para hablar con arrendatarios o vigilar que no hubiera intrusos merodeando.

Tuvo la esperanza de poder hablar a solas con su hermano y azuzó a su caballo para que se apurase. Tenía prisa...

Estaba furiosa con su hermano Richard pues no había hecho más que evitarla esos días luego de que supo del duelo y ahora tenía la esperanza de convencerlo.

Avanzó por el boscoso paraje, recorriendo más de dos millas hasta que de repente vio a su hermano acercarse solo a todo galope y aguardó impaciente su llegada.

—Angelet... ¿qué estáis haciendo aquí?—su hermano actuaba como si viera un fantasma.

Su cabello castaño lucía alborotado y su rostro parecía desencajado. De pronto notó que sus ojos cafés lucían ojerosos y alertas y en sus mejillas había una marca como si lo hubieran golpeado.

—Te estaba buscando Richard... el duelo. Ayer no pude dormir pensando que... Deja de negarlo, oí una conversación el otro día y sé que vas a batirte a duelo con sir Praxton.

Angelet estaba al borde de las lágrimas y Charles se acercó y tomó su mano.

—Tranquila Angie, esto no debe preocuparte, sólo hice lo que debía hacer... Ese sujeto me ofendió y no puedo pasar por alto tal ofensa.

—¿Os ofendió y por eso lo vais a matar?

—No... Sólo serán dos tiros y no serán mortales. Tú no sabes nada de duelos hermanita. Regresa a casa y deja todo esto en mis manos.

—No, no lo haré, ¿cómo puedes pedirme que no intente al menos convencerte de que es una locura? He oído que ese caballero tiene muy buena puntería además de muy mala reputación. Olvida esa locura del duelo por favor... Ese hombre es muy cruel y os matará.

—Pues ya es hora de que ese malnacido pague por su osadía.

—¿Su osadía? ¿Pero qué te hizo, Richard? Has de tener una razón poderosa para haberle retado a duelo.

La mandíbula ancha de su hermano se tensó, no se lo diría, era muy reservado con sus asuntos y seguía considerándola una niña. De pronto la miró con fijeza y le respondió:

—No voy a decírtelo Angelet, no insistas. Ahora regresa a casa y si vuelves a recibir rosas o cartas de tu misterioso enamorado debes decírmelo por favor.

Ella se sonrojó. ¿Por qué le molestaba tanto que tuviera un admirador? ¿Es que temía que su boda se arruinara por algo tan tonto como eso? No eran más que poesías y rosas... y todas estaban muy bien guardadas en su cofre.

—Pues eso no tiene importancia Richard, voy a casarme en tres meses con Charles, pero no lo haré si algo te pasa. Por favor, no hagas esto. Ese hombre es malvado y puede herirte o matarte.

—No lo hará. Pero es necesario, tú no te preocupes. Regresa a casa. Y no temas por mí, tengo buena puntería. Y no me importa matar a ese hombre, lo haré si vuelve a acercarse a ti.

Esas palabras la desconcertaron.

—¿Acercarse a mí? Pero... sólo conversamos unas veces hace tiempo, no entiendo por qué dices eso.

Su hermano apretó la boca para no soltar prenda, siempre hacía lo mismo cuando se enojaba, pero en esa ocasión habló.

—Angelet, por favor, quiero que te mantengas alejada de este asunto y no le digas nada a nuestros padres. Yo lo resolveré a mi manera y deja de preocuparte. Vamos, regresa a casa, no es prudente que recorras Forest sin compañía.

Ella regresó a la casa furiosa. No podía creerlo, su hermano estaba empecinado en seguir con esa locura del duelo y no pensaba que algo pudiera salir mal. Que podía ser gravemente herido o morir.

Hacía tiempo que los duelos habían sido prohibidos por la reina y por eso eran clandestinos, secretos, pero seguían celebrándose a pesar de las penas y prohibiciones. Especialmente para defender el honor de una dama, porque el honor de una dama afectaba a la familia entera y eso era algo que un caballero defendía a muerte. No podía retarse a duelo a un hombre sin motivos de peso y al parecer su hermano estaba emperrado en ese triste asunto.

La joven azuzó a su yegua y regresó rápido a la casa. Estaba furiosa y también asustada, debía impedir ese duelo de alguna manera, la aterraba pensar que ese hombre malvado pudiera matar a su hermano o dejarle una bala en la pierna o en un brazo. En esos tiempos muchos hombres guardaban alguna herida de un antiguo duelo; heridas que exhibían con orgullo, pero su hermano sólo tenía veinticinco años y en seis meses se casaría con la hija de un importante caballero de Devon. Estaba muy enamorado de esa joven, lo sabía y se preguntó si el duelo sería por su causa...

No. Esa joven no tenía una belleza que pudiera enloquecer a nadie más que a su hermano. La pobre era algo rara... es decir no era del todo normal y era retraída por naturaleza. Callada, tímida y con el cabello largo hasta la cintura, le gustaba dar paseos en su poni y no sabía ni cómo una criatura que parecía un hada del bosque había logrado enamorar tanto a su hermano. El pobre llevaba meses cortejándola y no fue nada sencillo para él, lo sabía. Los padres de Edelaine no querían su hija se casará, Angelet sospechaba que la joven no era del todo normal y sus propios padres también se habían opuesto de plano al compromiso, pero Richard impuso su voluntad. Hizo una escena, tomó su caballo y salió despavorido por los campos de Devon amenazando con hacer una locura si se oponían si no lo dejaban casarse con Edelaine. Así que en poco tiempo tendría un hada rubia merodeando por Forest Manor, su hogar ancestral, y al parecer ella estaba encantada...

Bueno, su futura cuñada siempre sonreía y podía estar horas sin decir una palabra, parecía muda, nunca hablaba a menos que le hicieran una pregunta directa y ni así tampoco. Lo único que sí se escuchaba era su risa. Esa risa cantarina y casi infantil delataba su presencia, pero por lo demás, se quedaba en un rincón sumida en sus pensamientos. Como ausente.

Vamos, que esa señorita no era normal, parecía salida de un cuento de hadas del Medioevo y sin embargo su hermano había anunciado vehemente que no quería a otra joven por esposa. Adoraba el suelo que pisaba y ella lo sabía, un amor así no podía fingirse ni inventarse... a pesar de que hubo una comadre de lengua viperina que dijo al referirse al compromiso que sólo la dote de la señorita le había asegurado una boda tan ventajosa, pues saltaba a la vista que no era normal.

Entonces su madre, disgustada, había defendido a capa y espada a Edelaine, a pesar de que a ella tampoco le hiciera demasiada gracia el asunto, diciendo a la dama en cuestión que se sentía muy orgullosa de que su hijo hubiera escogido a una joven tan buena y adorable.

Y en realidad juntos parecían dos enamorados.

Ella no pensaba que su cuñada tuviera un retraso, pero... para ella era una especie de hija de las hadas y se preguntó cómo serían sus sobrinos, porque esas rarezas se heredaban... bueno, no era asunto suyo, su hermano era terco como una mula y ahora lo importante era hacer algo para que pudiera casarse con su amada Edelaine. La angustiaba pensar que fuera herido o algo peor...

ERAN CERCA DE LAS TRES cuando Angelet se miró en el espejo de su habitación y parpadeó inquieta. Tenía que cambiarse ese vestido pensó mientras planeaba cómo llevar a cabo esa locura y no fallar... no podía fallar.

Era el momento propicio para ir a la mansión del vizconde de Dartmoor, su madre había salido con su hermana a casa de una tía lejana que estaba enferma luego de almorzar y no regresarían hasta entrada la tarde, tal vez se quedarían unos días pues era la oportunidad de visitar Charleton y visitar a unas amigas de su madre. Por si acaso habían llevado maletas con ropa.

Su hermano y su padre también habían salido al club así que ella estaría sola y había decidido ir a dar un paseo por la pradera. Escribió una nota con mano temblorosa. De haber podido le habría enviado un mensaje al vizconde, pero no podía pedírselo a su doncella sin despertar sospechas. Nadie debía saber de esa visita, su reputación quedaría arruinada ¿pues cómo podría explicar que había decidido visitar a uno de los hombres con peor reputación del condado con la misión de impedir un duelo? Nadie le creería. Y mejor no pensar en la locura que estaba haciendo. No, no quería ni pensar que iría a meterse en la boca del lobo para salvar a su hermano y se preguntó si realmente lo conseguiría...

Conocía bien el camino a Dartmoor, pues en su propiedad había un atajo que sólo sus familiares y criados conocían, pero era la primera vez que haría una excursión tan larga y necesitaba llevar algo para defenderse. ¿Un cortapapel? ¿Unas tijeras? No... mejor tomar un palo por el camino, sería más efectivo por si acaso ese malvado caballero intentaba hacerle algo.

Dejó la nota con mano temblorosa y pensó en llevarse a un criado para que la acompañara, pero desistió rápidamente de la idea pues si hermano se enteraba sería el fin. Además, sólo sería esa vez, nadie tenía por qué enterarse o, mejor dicho: nadie debía enterarse.

Fue en busca de su yegua Bessie, sabía que a esa hora los criados dormían la siesta luego de un día de frenética actividad y en ausencia de su familia el sueño sería prolongado.

En los establos reinaba la calma y a lo lejos trinaba algún pájaro, los mozos brillaban por su ausencia y pensó que no tendría inconvenientes en tomar un caballo y largarse.

Sin embargo, mientras recorría el establo los equinos se pusieron a relinchar uno por uno. ¡Qué desgraciados! ¿Tenían que hacer eso?

Eso dio la voz de alarma de los mozos y de pronto se encontró con uno llamado Tim, alto y robusto que se acercó rápido como un rayo.

Al ver que era ella se detuvo en seco.

—Señorita Angelet...—dijo y se sonrojó.

Sabía que esos mozos jóvenes siempre la miraban a cierta distancia, pero sin ser tan descarados de ponerse en evidencia que estaban admirando a las señoritas de la mansión por supuesto. Conocía a ese mozo patudo, era hijo de uno los jefes del establo y sin mostrarse nerviosa le habló.

—Tú eres Tim, ¿no es así?

El joven de patas largas y la cara llena de pecas asintió.

—Tim, necesito ensillar a Bessie, ¿me ayudas? —le pidió, muy decidida.

El joven mozo se quedó mirándola con expresión embobada.

—OH sí... ¿pero saldrá ahora señorita Hampton? —quiso saber.

Ella se vio obligada a responderle que sólo iría a dar un paseo aprovechando que había salido el sol.

—Rápido por favor, tengo prisa.

—Oh por supuesto. Yo la ayudo, señorita.

Los ojos almendrados del mozo seguían sus movimientos con atención.

—Déjeme acompañarla, por favor. No puede salir sola, señorita—insistió.

—Pues no necesito compañía, iré a visitar a una amiga en Dartmoor y vendré en tres horas.

—¿Irá a Dartmoor? ¿Por qué no usa entonces el carruaje señorita? Queda a una distancia demasiado larga, tardará más de una hora en llegar.

¡Diablos! Qué sujeto tan entrometido ese mozo.

—Pues conozco un atajo, creo que podré llegar en media hora—dijo y se acercó a su yegua para treparse como una ágil amazona ignorando por completo a Tim, azuzó a su caballo para ganar tiempo.

Lo que no imaginó fue que ese obstinado mozo montaría un caballo y la seguiría muy veloz.

Bueno, el pobre cumplía con su deber, ella nunca salía sola de Forest Manor y cada vez que visitaba a alguien lo hacía en su carruaje. Pero como montaba casi a diario todas las mañanas era una experta amazona y no tuvo problema en librarse del molesto escolta. Conocía bien el camino y pensó que tal vez llegaría en menos de una hora, mucho menos...

Estaba cometiendo una locura, pero no le importaba. Lo haría de todas formas.

Azuzó a su yegua para que fuera más rápido, tenía prisa y quería perder de vista a ese mozo impertinente. ¿Por qué la seguía? Él no era su hermano y ella le había advertido que no lo hiciera.

El sendero se hizo empinado y debió estar muy atenta a los desniveles y aminoró la marcha. Se sentía muy osada y furiosa pero muy determinada a salirse con la suya, no se rendiría...

Afortunadamente no vio a nadie en el sendero, ni tampoco al entrometido mozo.

Hasta que llegó a lo más espeso de la pradera y el caballo comenzó a desobedecerle. Se negaba a avanzar como si viera algo maligno muy cerca.

—¡Diablos Bessie, no me hagas esto ahora! —exclamó.

Perdió demasiado tiempo dando vueltas por ese lugar sin encontrar la salida y casi deseó tener a ese mozo entrometido a su lado para que la protegiera. No quería quedarse atrapada en ese lugar y que apareciera algún animal salvaje o algo peor, debía buscar la salida... ¡Demonios! Hacía tanto frío en ese lugar, un frío húmedo que la congeló de repente y tuvo que cubrirse más con su capa y disminuir aún más la marcha. Su yegua estaba nerviosa y no hacía más que relinchar molesta mientras sacudía la cabeza como si no quisiera avanzar ni un paso más.

—¡Vamos Bessie, por favor, no podemos quedarnos aquí! Tenemos que ir a Stonehill —dijo desesperada con la esperanza de convencer a la yegua de ir más rápido como si esta pudiera entenderle.

El animal respondió avanzando un poco más ligero, pero no demasiado, parecía reacia a continuar su camino y fue un verdadero triunfo poder salir de ese bosque y ver de nuevo la luz del sol.

Galopó hasta subir la ladera y entonces la visión de Stonehill la asustó. Porque esa debía ser la mansión del belicoso caballero, una inmensa mansión de muchas habitaciones, una casa antigua y algo tenebrosa de piedra y madera que desafiaba la gravedad al estar en lo más alto del páramo.

Sabía que se contaban historias algo tétricas de ese lugar y sus habitantes, era una de las familias más antiguas de la región, la de más linaje y sin embargo no eran sociables y jamás daban fiestas... se decía que el actual vizconde buscaba una esposa para acallar los rumores funestos sobre su vida de juegos y vicios y que a pesar de ser guapo y muy bien parecido no encontraba una dama dispuesta a casarse con él en todo el condado. Pues por algo sería...

Al parecer a Bessie tampoco le agradaba Stonehill y fue un verdadero triunfo obligarla a cabalgar hacia esa casa, no sabía qué le pasaba al animal, pero hasta ella se sentía asustada con la vista de esa mansión sombría y solitaria.

—¿Qué te pasa Bessie? Hoy estás insufrible—se quejó.

Entonces oyó ladrar a unos perros delatando su presencia, lo que le faltaba, ahora sería atacada por una manada de perros.

Pero había alguien más a la distancia, un jinete parecía haber notado su presencia y lo vio hacer un gesto a otro que estaba cerca de allí.

Antes de poder ver quién era se vio rodeada por montón de galgos furiosos que la rodearon como si fuera una zorra a la que debían cazar fastidiando a su pobre yegua que no hacía más que relinchar y amenazar con salir corriendo despavorida luego de tirarla. No sería la primera vez que lo hiciera por supuesto y Angelet sabría cómo caer, pero... No quería caer y que esos perros la llenaran de mordidas.

Desesperada comenzó a gritar y a pedir ayuda moviendo los brazos con la esperanza de que ese jinete fantasma dejara de mirarla muy pánfilo y se decidiera a llamar a esos perros del demonio.

Dio resultado porque sus gritos atrajeron no sólo al jinete fantasma sino a un grupo de mozos que galoparon a su encuentro mientras uno de ellos soplaba un silbato para llamar a los galgos. ¡Qué alivio! Ahora solo le quedaba calmar a su yegua que estaba histérica y no dejaba de mover la cabeza para todos lados con riesgo de darle un cabezazo en cualquier momento o alzarse en dos patas y hacer caer de bruces en el piso.

Mientras le hablaba a la yegua alzó la mirada y se encontró con un montón de hombres fornidos que la miraron de una forma osada y habría deseado que ese atolondrado mozo estuviera a su lado.

—Buenos días, por favor, busco al vizconde de Stonehill—anunció con altivez.

La altivez daba mucho resultado contra criados atrevidos, o eso esperaba ella sin embargo estos se mostraron desconfiados.

—No puede cabalgar por estas tierras señorita, está prohibido y tuvo suerte de que la viéramos. Esos galgos son muy malos con los intrusos—le dijo un tipo cuadrado y de cara muy rústica.

Angelet miró a ese sujeto con expresión airada, ¿qué se creía? Ella no era una intrusa.

—Pues no soy una intrusa, necesito hablar con el vizconde un asunto de suma urgencia. ¿Pueden avisarle que he llegado?

Los mozos retrocedieron algo espantados.

—¿Y ha venido sola, señorita? —dijo un hombre colorado y barbudo con desconfianza.

—No... un mozo vino conmigo, pero temo que lo he perdido de vista—se apuró a responder.

Esa información inquietó al líder de los mozos quién les ordenó a los más jóvenes que fueran a buscar al sirviente de inmediato.

—Lo lamento mucho, señorita, pero en Stonehill no suelen haber visitas. Al señor no le agrada recibir visitas tampoco, pero si la espera iré a visarle de inmediato. ¿A quién debo avisar? ¿Cuál es su nombre?

—Angelet Hampton—respondió la joven.

Su nombre despertó algo que no logró comprender, ¿sería por el duelo o porque sabían bien que su señoría la había citado en su mansión?

Intercambio de palabras dichas al oído y sonrisas, nuevas miradas atrevidas hasta que el barbudo sacó una fusta y golpeó a uno de los mozos.

—Ve a decirle al señor que ha venido la señorita Hampton, imbécil. Y deja de mirar así a la dama o te cruzaré la cara con esto—lo amenazó enseñándole una fusta de cuero.

El joven mozo rubio salió corriendo antes del jefe cumpliera sus amenazas.

Ahora el barbudo no la consideraba una intrusa, sino que le sonrió enseñándole un montón de dientes largos como de lobo.

—Por aquí, sígame señorita Hampton—le ordenó.

La joven notó que el resto de los mozos formaba una escolta numerosa a su alrededor mientras ella luchaba por tranquilizar a su yegua que no dejaba de quejarse y relinchar. Tuvo que ser el barbudo que la tranquilizara hablándole con suavidad.

—No haga eso señorita, si quiere calmar a un caballo no será con ese rebenque que lo consiga—la retó.

Angelet tuvo que morderse la lengua para no responderle.

—Usted está nerviosa y el animal lo sabe, si la trata así será peor. Este animal está agotado. ¿Cuánto hace que no bebe agua? —insistió el hombre.

—Pues estaba en el establo descansando cuando la monté, todas las mañanas cabalgo una hora y nunca me ha dado problema.

—¿Vino usted desde Forest Manor? Eso queda a más de seis millas. Este pobre animal está extenuado. Mejor será que suba a mi caballo. Yo la llevaré.

Angelet se negó de plano.

—No gracias, prefiero ir andando. La mansión está cerca.

Ni loca se subiría al caballo de ese sujeto, ¿por quién la había tomado?

Así que saltó de Bessie ágil y decidida ante la mirada de asombro de los mozos y decidió caminar llevando a su yegua de las riendas. Bessie no estaba cansada como decía ese sujeto, sólo se hacía la sinvergüenza porque había extraños y era una caprichosa, la conocía muy bien, ahora iba mansita a su lado y a más velocidad que antes porque tenía la tonta esperanza de que pronto le quitara la silla de montar, la cincha y todo lo demás y recibiera agua, comida y un inmerecido descanso. Claro, la muy haragana estaba acostumbrada a galopar un ratito en la mañana sin mucho esfuerzo, en realidad sólo ella la montaba y no siempre. Y ahora que debía cabalgar más tiempo del acostumbrado, un camino empinado, irregular y agotador, la muy descarada se negaba a seguir. Tuvo que calmarla ese sujeto antipático de poblada barba que parecía tener un don especial con los caballos. Debía ser adiestrador seguramente el encargado de los establos. En Forest Manor había un hombre así que era capaz de domar cualquier caballo, hasta el más salvaje en poco tiempo.

Suspiró mirando hacia la mansión.

A pesar de toda su osadía y soberbia estaba nerviosa, muy nerviosa. Casi habría deseado que Tim la escoltara para comparecer ante el vizconde, pero sabía que ningún criado la habría seguido hasta Stonehill, su hermano no lo habría permitido y su aventura se habría arruinado antes de comenzar.

Angelet se detuvo en seco. Habían llegado.

La lujosa mansión aguardaba...

Un impecable mayordomo de cabello gris abrió la puerta y la condujo al interior mientras el barbudo se llevaba a Bessie al establo.

—Sígame, señorita Hampton. Por aquí, por favor...

Bueno al menos los criados de la mansión tenían educación.

Un ama de llaves de edad indefinida y riguroso luto la recibió al llegar al salón principal. Sus ojillos oscuros la escudriñaron un instante antes de llevarla hasta la biblioteca donde el vizconde aguardaba.

Al verse en un espejo de la sala pensó que su aspecto no podía ser más lamentable; había perdido el sombrero, las cintas que sujetaban su cabello de un rubio oscuro y sus mejillas encendidas la hacían parecer una manzana resaltando demasiado sus ojos color zafiro.

Debía hacer algo con ese cabello, alisarlo con la mano para no comparecer ante su anfitrión como si fuera una campesina descuidada, pero no tuvo tiempo, el ama de llaves, que sonreía al ver su disgusto la obligó a continuar.

—Hemos llegado, señorita Hampton. Por favor—dijo y abrió ambas puertas de una sala inmensa con la biblioteca más enorme y magnífica que había visto en su vida.

La visión de ese montón de libros cuidadosamente alineados, captó de tal forma su atención que no notó que había un hombre en un rincón observándola con la misma intensidad que ella miraba los libros. Y al ver que la joven lo ignoraba decidió acercarse despacio y hablarle.

—Señorita Hampton, su visita es inesperada y me siento profundamente honrado—declaró.

Angelet retrocedió espantada al descubrir al vizconde observándola con expresión maligna y divertida. Era un hombre maligno y lo recordaba muy bien. Alto, de porte militar y ojos oscuros, de cara ancha ese sujeto emanaba fuerza y un raro magnetismo que la atrajo desde el primer momento en que fueron presentados por una condesa en Londres cuando era una tímida debutante de la temporada. Hacía de eso más un año.

Conversaron, bailaron y entre ellos nació cierta amistad que sus padres desaprobaron desde el comienzo. Ese sujeto, a pesar de ser de buena familia, tenía muy mala reputación, eso fue lo que le dijeron. "Te prohíbo volver a dirigirle la palabra al vizconde de Stonehill" había dicho su padre de forma terminante y su madre vigiló que ella cumpliera su voluntad. Sin embargo, lo había visto y ... se sonrojó al recordar esa mirada intensa y viril. No se parecía en nada a su prometido, sino que por el contrario eran el día y la noche.

Hizo un esfuerzo por dominar sus nervios y le habló.

—Le pido mil perdones señor Praxton, por venir a Stonehill sin ser invitada, pero me urge mucho hablar con usted—dijo con cierta altivez sin mencionar que se conocían de antes. ¿Lo recordaría él? Sólo habían bailado dos veces, conversado y se habían visto algunas veces en la vicaría o en alguna fiesta. Angelet se había visto a poner fin a esa incipiente amistad, muy a su pesar pues él le agradaba y la incomodaba a la vez como en esos momentos.

Ahora sus ojos oscuros estaban clavados en los suyos.

—Por supuesto, no me incomoda recibir la visita de una hermosa señorita. Al contrario, me honra y me intriga... Por favor tome asiento.

Ella obedeció y esquivó su mirada.

—Así que vino sola desde Forest Manor... —apuntó.

—No vine sola, un mozo me acompañó, además usé un atajo.

—¿De veras? Vaya, se ha convertido en una joven muy intrépida señorita Hampton, cuando la conocí parecía una pajarita asustada.

Angelet palideció.

—Se acuerda usted de mí—murmuró.

—Por supuesto que sí, la recuerdo a usted muy bien señorita Hamtpon a usted y también a su familia.

Notó que no lo decía con demasiada alegría.

—Señor Praxton, he venido aquí a intentar convencerle de que... Me he enterado que mi hermano lo ha retado a duelo hace días. Ignoro el motivo, pero he venido a suplicarle que no lo haga. Quiero que sepa, además, que yo misma he hablado con mi hermano para convencerle de no batirse a duelo con usted, pero no me ha escuchado.

—Ni creo que lo haga, es un hombre obcecado y necio—le respondió.

Angelet enrojeció.

—Mi hermano no es necio, sólo es impulsivo y orgulloso, pero no creo que su ofensa amerite un duelo de honor.

El vizconde no compartía su opinión.

—Me temo que usted está confundida en ese punto señorita Hampton. No fue su hermano quién me ofendió ni fui yo quien lo retó a duelo—le aclaró—sino él...

—¿Qué? Pero... eso no puede ser. Por favor, dígame la verdad sir Praxton. ¿Acaso fue algo tan grave?

—En realidad no, fue una tontería y estoy dispuesto a desistir de ese ridículo asunto.

Esas palabras la llenaron de emoción.

—¿Lo haría usted?

—Por supuesto. No deseo enemistarme con su familia ni tampoco con usted. Me he enterado que se ha prometido a Charles Ravenston.

Angelet asintió sin dar más explicaciones.

—Y que van a casarse en tres meses.

—Sí. ¿Por qué lo pregunta sir Praxton?

—Porque temo que se ha equivocado de prometido señorita Hampton, ese caballero no le conviene para nada. Acostumbra viajar a Londres y perder mucho dinero en casas de apuestas y mujerzuelas.

La joven se incorporó visiblemente incómoda.

—Eso es una vil calumnia y no permitiré que diga esas mentiras maliciosas de mi prometido—exclamó.

—Cálmese, tome asiento por favor. Ha venido a pedirme que no deje a su hermano sin un brazo o sin una pierna y sabe por qué ha realizado un viaje tan largo... Está asustada y sabe que no fallaré. En tres días me veré obligado a disparar en un absurdo duelo y por desgracia para su hermano tengo muy buena puntería. Ahora por favor, cálmese, lamento si mis palabras la ofendieron, pero le aseguro que no le he dicho la verdad.

Angelet obedeció y aguardó impaciente a que terminara de hablarle.

—Señorita Hampton usted ha venido a pedir mi ayuda y le aseguro que nada me agradaría más que poder complacerle, pero me temo que debería hablar con su hermano. Sí... en realidad fue él quien me retó a duelo y no estoy tengo especial interés en ello.

—Ya lo he hecho sir Praxton, pero no ha querido escucharme por eso estoy aquí.

—Comprendo... Pero no se angustie por favor, todo tiene solución en esta vida menos la muerte, ¿no es así? Es lo que he oído decir.

Praxton observó a la señorita Hampton de soslayo. Altiva y hermosa, desafiante, ella también lo había despreciado como pretendiente, había huido de su presencia y ahora se casaría con ese tunante Charles Ravenston, el acaudalado y honorable lord de Eastwood.

Intentó dominar la rabia que lo consumía para que su voz se oyera fría y exenta de cualquier emoción.

—Bueno, ya que está tan interesada en impedir este duelo señorita Hampton, creo que podríamos llegar a un acuerdo.

Esas palabras la sorprendieron. ¿Qué tramaba ese caballero?

—Por supuesto... —balbuceó.

Él se le acercó despacio y la miró con fijeza.

—¿Qué estaría dispuesta a hacer para impedir que mate a su hermano de un tío durante el duelo señorita? Porque la ofensa de su hermano exige una satisfacción y sabe que no fallaré. Su familia siempre ha sido hostil con la mía, pero lo que hizo su hermano me desquició, me acusó de algo que no hice y ahora deberá asumir las consecuencias.

—Pero usted no puede matar a mi hermano sir Praxton, si lo hace irá a prisión.

—En un duelo suelen haber accidentes desafortunados señorita Hampton, no todos están preparados para empuñar una pistola y disparar, a veces erran y ese error suele costar muy caro. Además, los caballeros no van a prisión, señorita Hampton.

Hablaba con tanta frialdad que ella pensó que ese hombre era realmente el diablo de Dartmoor, ¿cómo podía hablar con tal ligereza de la vida de su hermano?

—¿Cómo puede decir esas cosas horribles con tanta frialdad sir Praxton? Es usted un malvado y no me interesa hacer tratos con usted. Creo que sé lo que tengo que hacer sir Praxton. Me temo que he perdido el tiempo en venir aquí, pensé que sería más considerado, un verdadero caballero, pero me equivoqué—Angelet saltó de la silla preparada para marcharse, ofendida y casi horrorizada después de haber escuchado a ese hombre.

—Aguarde, no se precipite, por favor... siéntese. Todavía no le he dicho lo que espero de usted señorita.

Ella le dirigió una mirada colérica. ¿Qué estaba diciendo ese hombre?

Él avanzó hacia ella decidido sin vacilar y sus movimientos rápidos la obligaron a retroceder.

—¿Está asustada, señorita Hampton? ¿Me teme usted?

Ella retrocedió inquieta.

—Creo que no podremos llegar a un acuerdo, señor Praxton—balbuceó—Vine a rogarle que olvidara ese duelo, pero al parecer esta situación no lo afecta en absoluto, al contrario, creo que le divierte.

—Se equivoca, yo opino lo contrario. Haremos un trato... si quiere que su hermano viva deje de comportarse como una chiquilla asustada. Lo que le pido no es tan difícil o tal vez sí... dependerá de cuánto ame a su familia, señorita Angelet.

—No entiendo qué quiere decirme sir Praxton.

—Siéntese por favor, tranquila señorita.

La joven miró nerviosa a su alrededor deslumbrada por la belleza de las habitaciones que quedaban atrás, los retratos, el lujo y también el silencio de la casa como si no viviera nadie... bueno, había oído que el padre del actual vizconde había muerto hacía un año y su madre mucho antes luego de pillar una gripe y que el heredero pasaba largas temporadas en Londres jugando a las cartas, bebiendo y cosas peores para eludir responsabilidades. Que sabía jugar cartas al igual que boxear y disparar pistolas con la certeza de un bandido y...

Mejor no pensar demasiado en ello.

—Usted va a casarse pronto ¿no es así?

Ella asintió alarmada. ¿De nuevo con eso? ¿Qué le diría ahora?

—Sin embargo, no parece una novia feliz, ni enamorada. El compromiso con sir Ravenston fue algo apresurado—parecía una sentencia.

—No comprendo por qué me dice esas cosas sir Praxton, no vine aquí a hablar de mi boda sino a pedirle que suspenda el duelo.

—¿Y cómo hago para olvidar una ofensa tan grave señorita Hampton? Su hermano me humilló públicamente, me insultó llamándome libertino y mujeriego y ahora... demonios, es que necesito una esposa y sé que ninguna dama decente me considerará un buen partido después de este escándalo. Su hermano fue injusto e impulsivo, no midió las consecuencias, pero nadie me ofende impunemente, ¿sabe? Tengo reputación de ser un estupendo jinete y también por tener una puntería del demonio con la pistola. Puedo disparar a más de diez yardas y no importa la luz, si apunto a la cabeza de su hermano tenga por seguro que mi disparo será certero.

Esas palabras la llenaron de angustia.

—Lamento mucho que mi hermano lo ofendiera, que arruinara su posibilidad de encontrar una esposa, pero... Tal vez si fuera a Londres podría encontrar una joven apropiada dispuesta a convertirse en la señora de Stonehill.

—¿De veras? Usted lo hace tan fácil, pero dudo que tenga chances aún en la gran ciudad. Además, no me agradan las debutantes de Londres, son muy afectadas y presumidas. No tengo prisa por casarme, pero... en ocasiones alcanza un pequeño sacrificio para tener aquello que más deseamos en este mundo. La vida de su hermano y una boda muy ventajosa para usted y su familia.

Angelet se sonrojó.

—¿Un sacrificio? ¿A qué se refiere sir Praxton? ¿Qué debo hacer para que olvide este desdichado asunto? —estaba temblando porque sus ojos la miraban con un deseo intenso y su mirada en su cuerpo era una caricia atrevida que no tenía intención de recibir.

—Creo que lo imagina señorita Hampton... Puesto que su hermano ha arruinado mi reputación y mis posibilidades de conseguir una esposa usted deberá casarse conmigo.

—¿Casarme con usted? —balbuceó la joven.

—Pues sí... eso mismo. Creo que un arreglo muy justo. La vida de su hermano a cambio de que se convierta en mi esposa. Pero no se angustie, le daré unos días para que lo piense.

—Sir Praxton, estoy comprometida con Charles Ravenston, usted lo sabe no puedo... aceptar su ofrecimiento. Me halaba que me considere una candidata para ser su esposa, pero de ninguna manera podría...

—Temo que no tiene alternativa señorita Hampton. La boda o el duelo, su familia me ha agraviado y perjudicado de mil formas, no sólo arruinando mi reputación sino también arrebatándome la herencia de un tío que recibí fragmentada... Su padre es el responsable de mi ruina.

—¿Mi padre?

—Así es. Y le aseguro que no estoy exagerando, podría enseñarle el documento que da fe de mis palabras.

Angelet palideció. No, no podía ser verdad. Ese caballero no podía estar hablando en serio. Que le pidiera matrimonio no le disgustaba tanto, sólo la pillaba de sorpresa pero que acusara a su padre de haberle estafado pues eso dio a entender la indignó.

—Sir Praxton, no puede ser... Mi padre jamás... Mi padre es un caballero y no me quedaré ni un minuto más en esta casa si se atreve a acusarle de algo tan ruin—exclamó y supo que era hora de marcharse. No podía quedarse ni un minuto más.

—Pues todo es verdad, aguarde aquí, le enseñaré el documento en cuestión que la hará comprender que en nada le he mentido.

El caballero fue hasta la habitación contigua con paso rápido y gesto airado y no tardó en regresar con un documento cuidadosamente anudado en el cual según él estaba toda la verdad.

—Puede leerlo si gusta, pero esta es la prueba de que su padre estafó a mi familia al involucrarle en un negocio que jamás se concretó: la construcción de nuevas vías de tren para unir Londres con el resto de Inglaterra.

La joven leyó el documento sin poder dar crédito a lo que leía pues lo primero que vio fue la firma de su padre estampada al final avalando ese negocio.

Su padre siempre tenía negocios que atender y lo había oído mencionar durante la cena la construcción de una nueva vía ferroviaria que ayudaría a los condados más alejados de la capital a viajar con más comodidad sin tener que usar esas lentas e incómodas diligencias. En pos del progreso había invertido fuertes sumas en esos nuevos negocios de la capital hasta llegar dueño de una fábrica de algodón muy floreciente pues tenía un don para los negocios, no era como esos caballeros remilgados que no sabían nada al respecto, al contrario, era tan bueno con los números que jamás se equivocaba cuando hacía las cuentas y por cierto que él era su propio administrador pues no tenía confianza en ninguno. "No te fíes de esos astutos contables que dicen saber mucho de números. Han sido y siguen siendo la ruina de muchas propiedades florecientes" solía decirle a su hermano a quién hacía tiempo que le enseñaba a manejar los negocios de la familia.

La jovencita siguió leyendo el documento y de pronto notó que la suma que había entregado ese pariente de Praxton había sido cuantiosa.

—Como ve no le he mentido, señorita Hampton. Todo es verdad. Pues luego de entregar esta importante suma de libras el negocio nunca fue concretado. La construcción de las vías de tren fue realizada por otros empresarios londinenses que tuvieron la concesión y autorización correspondiente, algo que vuestro padre temo que nunca solicitó. Y en vez de devolver el dinero solicitado pues decidió quedárselo y por ello mi tío perdió los ahorros y una gran parte de su herencia y ni siquiera tuvo la satisfacción de enviarle a prisión por fraude pues murió poco después del disgusto. Verse casi en la miseria fue demasiado para él.

Angelet parpadeó inquieta.

—Lo lamento mucho sir Praxton, pero... creo que debería hablar con mi padre y reclamar este dinero pues como heredero de su tío tal vez...

Él sonrió con ironía.

—¿Y cree que no le he intentado, señorita Hampton? Pero él se niega a entregar este dinero argumentando que al morir mi tío no tiene obligación alguna de devolver esa cuantiosa suma. Hasta ha llegado a inventar que utilizó esos miles de libra en otro negocio, pero no tiene obligación alguna de pagarme ni un penique. Eso es lo que argumenta vuestro padre respaldado por sus abogados por supuesto.

—Lo lamento mucho sir Praxton...

—Pues no lo lamente, sólo acepte ser mi esposa y todo quedará olvidado.

—¿Su esposa? Pero apenas le conozco señor, no puedo... No puedo hacerle una promesa semejante ahora, estoy comprometida con sir Charles. ¿Es que no lo entiende? Además...

—Pero usted sí me conoce, hace un año tuvimos una amistad en Londres.

Un flirteo para ser más exactos. Tuvieron un alegre y efímero flirt. El vizconde de Stonehill la había deslumbrado con su porte militar y esa mirada oscura y viril siguiéndola a todas partes. Angelet lo recordaba bien, pero fingió que no estaba al tanto por supuesto.

—Sí, lo recuerdo, pero no le traté más que unos meses y ahora... Escuche, mis padres jamás darían su consentimiento en el caso de que aceptara casarme con usted para enmendar el daño que mi familia le ha hecho a su reputación—dijo desesperada.

—Eso puede arreglarse por supuesto. Pero no se preocupe, le daré un tiempo para que lo considere, mientras tanto prometo suspender el duelo. Enviaré a mis padrinos para que hablen con su hermano.

Esas palabras la llenaron de ilusión.

—Entonces ¿promete que lo hará, que no habrá un duelo entre mi hermano y usted?

—Tiene mi palabra señorita Hampton, pero recuerde que deberá cumplir su parte del trato.

—¿Mi parte del trato? —balbuceó.

—Sí... Se casará conmigo en menos de dos meses y si no lo hace deberé pelear esta estafa con abogados y enviar a prisión a su padre por fraude y apropiación indebida de dinero ajeno. Pues nunca se llevó a cabo la construcción de las vías de tren ni tampoco regresó ese dinero como correspondía, aquí lo dice con claridad, en una de las cláusulas del documento, mire...

Ella leyó ese apartado que decía que en caso de no poder llevarse a cabo el negocio ambas partes rescindían del negocio y se obligaban a resarcir a la otra parte interesada devolviendo cada penique invertido en ese proyecto.

—Su padre dijo que había invertido el dinero que no lo tenía en su poder, pues si lo invirtió deberá entregarme los anticipos de las ganancias como promete en el documento.

Angelet pensó que debía hablar con su padre cuanto antes. Debía entregar ese dinero a sir Praxton y salvarla de ese matrimonio pues no tenía intención alguna de convertirse en la señora de Stonehill. Un flirteo no era estar enamorada, ese caballero ya no tenía modales tan encantadores, sino que parecía cabreado con toda su familia, así que una unión entre ambas casas no parecía ser muy acertada ni apropiada.

Ahora el vizconde la miraba con fijeza esperando algo que ella no podía ni imaginar hasta que habló.

—Señorita Hampton, le daré una semana para que me dé su respuesta. ¿Cree que el tiempo que le doy sea suficiente para usted?

Ella pensó en su hermano cuya vida corría peligro y asintió despacio.

—Ahora debo regresar a Forest antes de que noten mi ausencia, nadie sabe que estoy aquí.

—Por supuesto... por favor, permítame escoltarla hasta su casa en mi carruaje.

—Se lo agradezco, pero, mi yegua Bessie...

—No se preocupe por eso, luego un criado se la llevará de regreso a Forest—declaró y se puso de pie—Permítame escoltarla por favor, a fin de cuentas, muy pronto se convertirá en mi esposa.

¿Su esposa? ¡Eso jamás!

Rayos, ¿cómo decirle a ese caballero que no podían verla en su compañía porque sus padres le darían una paliza? Era muy inconveniente que la escoltara, por más que sus intenciones fueran las mejores.

Pero sus ansias de escapar superaron a la prudencia así que aceptó ir en su carruaje de inmediato por temor a que tal vez cambiara de idea y la dejara encerrada hasta arrancarle alguna promesa de matrimonio. Era un hombre audaz, brutalmente sincero y ahora que sabía que su familia le debía todo ese dinero se sintió asustada y aturdida. No podía creer que su padre hiciera eso, pero... tal vez hubiera una explicación razonable.

El vizconde dio las órdenes de que prepararan su carruaje pues partirían de inmediato a Forest Manor.

—Acompáñeme señorita, por aquí...

Angelet tuvo la sensación de que era una muy mala idea regresar a su casa en su compañía. Imaginaba el disgusto de sus padres al enterarse de su huida ese día y también de ver a quién no tendrían demasiadas ganas de recibir en su casa, al vizconde de Stonehill.

Durante el trayecto él no dejaba de mirarla con fijeza y ella de esquivar sus ojos. Estaba asustada por lo que pasaría después, sus padres se enfadarían, su hermano también y luego... ¿Qué rayos haría con esa promesa? No pensaba cumplirla por supuesto, nunca se casaría con ese hombre.

—Fue usted muy imprudente, señorita Hampton—dijo él de repente.

Angelet lo miró espantada.

—Sí, es verdad sir Praxton, pero estaba desesperada—respondió.

—¿De veras? Bueno, pues la próxima vez que desee venir a visitarme le ruego que me avise e iré a buscarle señorita Hampton, estas praderas han dejado de ser seguras estos tiempos, algunos bandidos merodean Dartmoor para asaltar a los viajeros. Fue usted muy afortunada de que nada le pasara hoy pero mejor será que no tiente al diablo, señorita Angelet.

¿Tentar al diablo? Vaya, cuánta exageración. Pensó Angelet.

Cuando el carruaje entró en Forest Manor tembló pensando en la reacción de sus padres al verla entrar con ese caballero de mala fama...

Y como si leyera sus pensamientos y tal vez se riera de ellos él murmuró: "Cálmese por favor, yo explicaré a su familia lo que ha pasado".

Angelet no era tan optimista y de pronto le detuvo.

—Aguarde, no... Por favor no hable con mis padres, luego les explicaré... Es que temo que se enfaden y luego...

Él sonrió sin dejar de mirarla.

—Como guste señorita Hampton. Por favor, no olvide nuestro trato—murmuró.

Angelet asintió sin decir nada. Ahora le quedaba enfrentar a sus padres y explicar por qué había llegado con tan mala compañía.

Habría deseado correr a su habitación y esconderse, pero cuando intentó hacerlo los vio en el salón comedor, todos reunidos y agazapados y tembló. Al parecer era demasiado tarde para escapar.

—Angelet, pero ¿qué has hecho? ¿Dónde estabas? ¿Y por qué ese hombre os ha escoltado hasta Forest Manor? ¡Cuánta desvergüenza! —dijo su padre furioso.

Ella miró desesperada a su hermana, pero ella bajó la vista luego de decirle con la mirada que se había metido en una buena.

—Lo siento papá es que fui a dar un paseo por la pradera y... tuve un accidente y el señor Praxton... El vizconde de Stonehill que pasaba por allí me encontró y...

Al menos era rápida para inventar historias, una cualidad heredada de algún familiar novelista, creo que era un primo segundo de su madre.

—¿Qué? Pero sabes que os he prohibido hablar con ese hombre, hace tiempo que...

—Bueno, al menos está a salvo John—dijo su madre.

Sir John Hampton se elevó del asiento y se acercó a su hija como un gallo de riña.

—Estáis castigada, y agradeced que ya no tenéis edad para recibir azotes, pero ahora regresad ahora a vuestra habitación y os quedaréis allí sin recibir visitas. Pero antes me contaréis qué os dijo ese malnacido de Stonehill.

Angelet negó que el caballero le hubiera dicho algo que valiera la pena mencionar. Sólo la escoltó de regreso luego de cerciorarse de que no tuviera ningún hueso roto.

Mientras hablaba miró de soslayo a su hermano, él era el culpable de todo y ahora para salvar su vida había prometido casarse con ese caballero. Y sus padres la habían castigado sin saber que había hecho esa locura por lealtad a Richard.

—Creo que debes saber que ese caballero es mi enemigo declarado, que me ha agraviado de una manera intolerable hace tiempo y jamás será recibido en esta casa ni contará con nuestra amistad—declaró sir Hampton—Y sospecho que ese encuentro que mencionas no fue por casualidad. Ahora vete a tu habitación.

Angelet obedeció sintiéndose exhausta y furiosa, pensando que no era la primera vez que recibía un castigo que no merecía. Pero al menos no sabían nada de su acuerdo con Praxton. Un acuerdo que no esperaba cumplir por supuesto.

PERO SU PADRE TUVO que sacarla de la penitencia al día siguiente pues su prometido Charles fue a verla para arreglar un asunto de la boda con sus padres.

Ella tuvo que cambiar ese vestido de entre casa y ponerse bonita, la doncella Melly corrió a ayudarla en estos menesteres, cepillando luego su cabello para luego armar un moño alto, dejando dos bucles de un lado como se estilaba entonces.

Angelet estaba contenta, al fin podría salir de su habitación, lo había pasado sola el día anterior y no soportaba el encierro. Tal vez podría hablar con su prometido y pedirle ayuda con ese malvado vizconde, pero... rayos, su hermano le había prohibido que mencionara el asunto del duelo, no podía decirle a nadie y tampoco explicarle a su prometido que su padre tal vez había estafado a un caballero celebrando un negocio que luego no se llevó a cabo y...

La joven comprendió que no podía decir nada al respecto. Estaba atrapada. Acababa de hacer una promesa que no podía cumplir y luego, ¿qué pasaría si Praxton se enojaba y reclamaba la herencia de su tío muerto?

Con estos pensamientos tomó las anchas faldas de su vestido y fue a reunirse con su prometido escoltada por su doncella que la seguía como sombra a todas partes.

¡Bendito Charles! La había salvado de su penitencia.

Sin embargo, cuando llegó a la sala de visitas, el lugar dónde su prometido solía verla la encontró ocupada por Edelaine de Milbourne, la prometida de su hermano. Esa figura rubia de mirada resplandeciente, con su vestido blanco le atacó los nervios al instante. ¿Qué hacía ocupando el lugar de su prometido?

—Angelet... qué bonito vestido tienes—dijo la jovencita en son de saludo y se acercó a besarle ambas mejillas como era su costumbre.

Ella se apartó incómoda. La prometida de su hermano siempre la saludaba afectuosa como si la adorara y eso era incómodo porque a

Angelet le ocurría lo contrario. No la podía ni ver. Era rara, parecía retrasada, indiscreta y no, no era apropiada para ser la futura señora de Forest Manor.

—¿Cómo estás, Edelaine? —dijo.

Ella sonrió.

—Richard me rogó que viniera, porque iremos juntos a Londres... Con mi hermano Ted y... Mi hermano Ted dice que eres hermosa Angie, creo que está enamorado de ti.

Edelaine siempre decía cosas como esas, estaba convencida que no era del todo normal, a pesar de se veía como una joven mujer su cabeza era infantil, el soltar frases tan sinceras e inconvenientes poniendo a todos incómodos, siempre lo hacía. Ignoraba por qué su padre había aceptado que se comprometiera con una joven de tan poco seso, pero Richard se había enamorado. Una clara señal de que el amor era ciego y completamente irracional. Habiendo en el condado jóvenes hermosas y de gran inteligencia, que se comportaban como verdaderas damas y que además suspiraban por su hermano, era realmente injusto que este se encaprichara con esa joven que parecía un hada del bosque.

—¿De veras? Oh, gracias...—se vio obligada a decir.

Ella sonrió y se quedó mirándola.

—Es una pena que estéis prometida a Charles Ravenston—insistió—Creo que si no fuera así mi hermano se casaría contigo. Él escribe unos versos tan bonitos y también dibujos que se parecen mucho a ti.

—Oh, ¿de veras? Me halagas Edelaine, estoy segura de que no merezco tanta atención—respondió Angelet porque los buenos modales le impedían escandalizarse o decirle algo inapropiado.

—Por supuesto que sí, él te ama en silencio.

Richard llegó entonces para rescatarla de esa loca y lo peor fue que Charles lo acompañaba y tuvo que escuchar esas últimas palabras, lo notó en su grave semblante.

—Ven preciosa, se nos hace tarde. Tu hermano y tus padres aguardan en el carruaje.

—Pero Ted dijo que quería ver a Angelet antes de partir—insistió ella.

Angelet enrojeció mirando a su hermano. Al parecer ese día su futura cuñada parecía empeñada en hundirla ese día con esos comentarios indiscretos.

Su hermano sonrió, para él todas las locuras de su novia eran adorables y tras decirle algo al oído tomó su mano y se la llevó. ¡Por suerte! Además, Clarise los acompañaría lo que sería un alivio para todos.

Charles se acercó y besó su mano con suavidad mientras sonreía de forma secreta.

—¿Así que tenéis un ardiente admirador? —bromeó.

—Oh no... son inventos de Edelaine.

Charles se puso serio y al ver que estaban solos se acercó y le robó un beso. Cada vez que la veía a solas la besaba de una manera que parecía querer hacerle el amor. No podía entender cómo un hombre que parecía tan frío y controlado de repente se mostraba tan atrevido y sensual.

Lo cierto es que ella no soportaba esos besos tan apasionados. Le repugnaban y se preguntó cómo haría cuando tuviera que compartir la intimidad con Charles si ni siquiera soportaba que la besara.

Y él, ajeno por completo a sus pensamientos sostuvo su rostro y le dijo:

—Es una tortura para mí esperar tres meses.

Ella palideció preguntándose si sería capaz de pedirle algo tan impúdico como era fornicar sin estar casados. No, él no podía insinuar algo tan ruin como eso.

—Quiero adelantar nuestra boda... no veo la hora de que seas la señora de Thorneville...—declaró luego.

Suspiró aliviada, pues habría sido poco delicado que Charles confesara que no veía la hora de yacer a su lado.

—Le he pedido a vuestro padre permiso para adelantar la boda y me siento feliz pues ha accedido a ello. Me ha dado su consentimiento.

—¿Oh, de veras? —¿qué otra cosa podía hacer que mostrarse ruborizada y sorprendida?

—Sí... perdóname preciosa, creo que debí preguntarte primero, pero me dejé llevar y pensé que... Sería correcto adelantar la boda—dijo y volvió a besarla, a enredarla entre sus brazos apretándola contra su pecho de una manera algo atrevida.

Angelet no tuvo tiempo de enfadarse pues unos pasos en la habitación obligaron a su prometido a apartarse en el acto y de pronto ambos miraron con espanto a sir Hampton irrumpiendo en el salón acompañado de alguien más.

Sintió tanta vergüenza de descubrir a sir Justin Blake, un amigo de infancia de su hermano que tembló. Él sin embargo sonrió y se acercó para besarla con afecto.

—Angelet, cómo has crecido—dijo.

—Justin... ¿has vuelto de la India? Pero Richard... acaba de irse con su prometida.

—Sí, pude saludarlo cuando entraba al carruaje—le respondió.

Sus ojos color miel la miraron con fijeza. ¡Cómo había cambiado! Se fue hacía más de tres años porque su familia tenía negocios en Delhi, eran dueños de una importante compañía y luego de los disturbios que hubo en ese país debieron quedarse de forma definitiva. Justin los acompañó con pesar y allí estaba, más alto y bronceado, con el cabello de un rubio oscuro, tan guapo como siempre o tal vez más... Recordaba con mucho afecto a ese joven pues habían compartido juegos y travesuras siendo niños. Él siempre la había defendido de las burlas de su hermano y este decía que Justin lo hacía porque ella le gustaba... En una navidad siendo niños habían jugado a ser novios, y sus hermanos los habían obligado a besarse como hacían los criados en los campos cuando creían que nadie los veía.

Su prometido tosió incómodo, al parecer nadie los había presentado y ella lo hizo.

Notó cierta reserva en la mirada de Justin al estrechar la mano de Ravenston, además ambos se miraron con cierta fijeza como si se conocieran, pero no podía ser por supuesto. Enfrentados se veían tan opuestos, Charles moreno y de fríos ojos grises mientras que Justin era rubio y bronceado y casi parecía uno de esos militares que viajaban a África a pelear en alguna guerra. Eran el día y la noche. Charles era el típico lord inglés y Justin, simplemente no parecía haber nacido en ese país, había cambiado tanto...

El antiguo amigo de su hermano no se quedó mucho más, a pesar de que sus padres lo invitaron a quedarse a cenar dijo que tenía prisa por regresar al señorío de su propiedad, ese mágico lugar llamado Rose Cottage, a pesar de que no era un Cottage propiamente dicho sin una villa inmensa llena de rosas y toda clase de flores y plantas exóticas traídas de la India por sus padres durante sus viajes. Y luego de intercambiar algunas frases corteses de: "¿Cómo está lady Rose? ¿Y tu hermana Ellen?", Justin se marchó, pero prometió regresar al día siguiente con más tiempo.

Tal vez la presencia de su prometido hizo que cambiara de parecer.

Charles sí decidió quedarse y aceptar la invitación de tomar el té mientras conversaba con sus padres y ajustaban detalles de la boda. Angelet se preguntó si acaso ese cambio imprevisto no había sido un pedido de sus plegarias pues no olvidaba que el día anterior había prometido a Praxton tomarse un tiempo para considerar su petición de matrimonio.

¿Casarse antes de tiempo con Ravenston la salvaría de ese malvado vizconde?

Cuando Charles se marchó, sus padres estaban muy serios mientras que su hermana menor la miraba con una sonrisa cómplice mientras mordisqueaba seguramente el tercer trozo de pastel de fresas, su favorito. Imaginó que había estado espiándola y tal vez hasta la vio besarse con su prometido.

—Angelet, tu prometido me ha pedido para adelantar la boda—dijo entonces su padre—Creo que es una idea muy acertada, pero sospecho que no conseguirá una dispensa tan pronto como planea.

—¿Una dispensa, padre?

—Sí, para celebrar una boda con prisas se necesita una dispensa especial. Y temo que no la conseguirá tan rápido pues viajará a Londres y allí tal vez se tomen su tiempo para concedérsela. Pero por si acaso mañana iréis muy temprano a Londres para que la modista se apresure con el traje de novia. Esto es algo inesperado, vuestra penitencia continuará porque no os permitiré asistir a reuniones durante una semana. Regresarás cuanto antes y te quedarás recluida en vuestra habitación. No penséis ni un minuto que he olvidado que estáis castigada.

—Sí, padre. Comprendo...—ella bajó la vista.

—Ahora regresa a tu habitación, hoy cenarás sola, no esperes ni por un segundo que he olvidado tu locura. Creo que ni siquiera has logrado entender que pusiste vuestra reputación en peligro al hablar con ese sujeto y permitir que os trajera aquí. Hoy ha enviado a la yegua Bessie con una carta para ti.

Angelet palideció al oír eso, pues su padre tenía un sobre en su mano y a juzgar por la expresión mofletuda de su rostro, su enojo iba en aumento.

—Al parecer hay más que explicar en este encuentro casual señorita Hampton. Por favor, acompáñeme a la biblioteca ahora.

¡Diablos! Cuando su padre usaba ese tono frío y formal era porque algo grave había pasado.

Entró en el recinto casi temblando. Al parecer los problemas de ese día no querían terminar.

—Bueno, al parecer este caballero ha escrito unas líneas para agradecerle su visita el pasado viernes y también... para recordarle su promesa. Una visita y una promesa... ¿puedo saber que es todo esto señorita Hampton?

Angelet palideció, el tono y la mirada de su padre le infundía el más vivo terror. En el pasado sus reprimendas y azotes habían sido historia a pesar de que sus hermanos recibieron más azotes que ella...

—¿Puedo preguntarle por qué me ocultó que había estado en la casa de este joven calavera? ¿Qué hacía usted en ese lugar sombrío e impío? No puedo creer que mintiera a su madre y a mí con tanta frescura. Imperturbable nos miró a ambos y se inventó una historia...

La jovencita tragó saliva y confesó la verdad.

—Fue por Richard... para evitar que ese caballero lo matara en un duelo padre.

Angelet esperaba que la verdad la salvara del castigo, pero se equivocó, su padre se enojó al enterarse de que primero había encubierto a su hermano y luego cometiera la imprudencia de visitar al vizconde de pacotilla con la tonta esperanza de poder "ayudarle".

—Vuestro hermano es un hombre y él sabe bien cómo manejar sus asuntos y lo que menos necesita es que una jovencita interfiera.

Angelet quiso defenderse, pero no le estaba permitido hablar, sólo ser reprendida hasta que su padre se aburriera.

—Es que jamás debisteis ir a Stonehill, ahora ese hombre cree que puede cortejarte libremente y que estáis interesada en él. Jamás permitiré que eso ocurra. Porque él cree que usted lo corresponde y... eso es una completa locura por supuesto. Y le prohíbo que vuelva a acercarse a ese hombre, no tiene excusas para ello, ninguna, a decir verdad. Ese duelo jamás iba a celebrarse, no fue más que una pelea sin importancia. Cómo debió reírse de usted ese hombre.

Angelet soportó estoica la reprimenda y luego pudo regresar a su habitación. Afortunadamente su padre no hizo más preguntas, ciertamente que no habría podido ocultarle la verdad si insistía en que le contara todo.

AL DÍA SIGUIENTE DESPERTÓ cansada y aturdida luego de haber tenido un sueño pesado en el que se veía huyendo de Stonehill y de ese caballero que la seguía porque quería besarla...

Una doncella apareció para ayudarla con el aseo. Sabía que ese ese día tenía que viajar a Londres para hablar con madame Silvaine sobre su traje de bodas y en caso de que no estuviera listo deberían comprar uno pues su boda con Ravenston se adelantaría más tiempo del esperado.

A media mañana, mientras iban en el carruaje esa mañana fría de octubre y observaba las calles semivacías del pueblo pensaba en Praxton sin que pudiera evitarlo.

—¿Creo que primero visitaremos a Madame Silvaine, no crees? Para que no demore más el traje de novia ni el resto del ajuar. Hace mucho frío en Cumbria y necesitarás ropa adecuada. Oh, qué bonito señorío tendréis querida—dijo su madre alisándose el sombrero con aire soñador.

Spring Valley, en el corazón de Cumbria, un lugar hermoso cerca de un lago que en invierno se helaba casi por completo. Sí, lo recordaba bien, se había congelado cuando pasó unos días en ese señorío, pero le gustó la visión tranquila del páramo, la casa era tan hermosa...

—Sois tan afortunada, viviréis en un lugar maravilloso—dijo su madre.

No, no lo era en realidad... No dejaba de pensar en el pacto que había hecho y en las consecuencias. Por momentos sentía deseos de confesarlo todo, pero luego cambiaba de opinión.

—Bueno, hemos llegado a la estación. El tiempo nos ha acompañado, espero que siga así.

La joven miró ese cielo cubierto con algunas nubes con desconfianza, la humedad y ese aire marítimo parecían impregnarlo todo ese día.

El viaje en tren fue incómodo, siempre lo era y lo único que agradecía era que su hermana no las hubiera acompañado. Qué suerte que Richard se la había llevado a Londres el día antes pues estaba segura que no habría soportado que le hiciera preguntas sobre Praxton nuevamente.

Fue un día interminable para Angelet, la modista tenía pronto el vestido desde hacía una semana, pero creyó que no lo necesitaría así que lo dejó guardado.

—Aquí está, ¿puede probárselo señorita por favor?

La joven vio el vestido y pensó que era hermoso. Su madre la ayudó a probárselo ajustando el corsé bordado en perlas, su vestido blanco de novia estaba muy a la moda. Vestido blanco, una rosa blanca en el cabello y una luna de miel, un viaje de los recién casados por algún país exótico.

—Oh Angelet, pareces una princesa—dijo su madre emocionada.

Ella sonrió con timidez, sí el traje de novia era realmente hermoso de un blanco brillante bordado el corpiño con perlas y también las mangas y las faldas disimulaban un poco su delgadez, la hacían parecer como... una señora casada guapa y elegante.

¿Pero acaso habría boda o tendría que esconderse para que Praxton no fuera a buscarla?

—Señora Silvaine es usted una artista de la aguja—su madre decía esas cosas.

La modista, una mujer baja y regordeta sonrió complacida, decía ser francesa y hablaba con marcado acento y siempre tenía diseños exportados de su tierra: elegantes y muy chic.

—Me complace mucho que le guste, lady Hampton. ¿Cuándo desea que le envíe el vestido y la factura?

Lady Hampton se sonrojó violenta, diablos, esa francesa era algo descarada para hablar de su paga nadie mencionaba eso en una reunión era de mal gusto.

—Oh, por supuesto, deberá usted hablar con mi marido Charles, él se encargará de su paga por supuesto—respondió la dama con expresión remilgada y visiblemente incómoda—Le ruego que lo lleve cuanto antes porque hay un cambio de fecha... El prometido de mi hija tiene compromisos que no puede postergar.

Madame Silvaine asintió sin decir nada hasta que dijo que lo llevaría el martes o tal vez el lunes.

Por alguna extraña razón se negó a darles el vestido en esos momentos y permitir que ellas pudieran llevarlo envuelto en papel o en una caja. Así que Angelet se lo quitó con la ayuda de ambas mujeres y luego abandonaron la casa de la modista.

Lady Hampton estaba furiosa y luego de que entró en el carruaje lo dejó muy claro:

—¡Pero qué falta de modales! Se ha negado a entregarnos el vestido como si temiera que... como si temiera que no fuéramos a pagarle. Dijo que era para que no se ajara, pero... pues ella debe enviarlo en una caja y eso será una demora terrible. No quiso escucharme, es una mujer voluntariosa y terca que da miedo, y yo que recomendé a esta señora a todas mis amistades más cercanas.

Angelet no supo qué decir pues madame Silvaine siempre había sido muy amable con ella.

—Como si no fuera a cumplir con nuestro compromiso. Siempre le he pagado en fecha a esta señora. Y por cierto que imagino que nos cobrará una bonita suma por el vestido—se quejó luego.

—Mamá, lo importante es que está terminado, podré usarlo en mi boda—opinó ella en un esfuerzo por calmar a su madre.

Los ojos azules e inmensos de su madre se iluminaron.

—Tienes razón Angelet, está listo. Y ha quedado hermoso... Esta modista es única por eso la soporto. A veces tiene esas rarezas. Bueno la pobre es soltera, hay que ser comprensivos, ¿no?

La jovencita no pudo evitar sonreír, su madre siempre decía que los solterones (o casi todos ellos) eran gente rara, no actuaban como las personas casadas y felices, no, les faltaba lo principal en este mundo: la familia. Especialmente las mujeres... Muchas de ellas terminaban internadas en un psiquiátrico o enterradas en una casa de campo, solitarias y siempre olvidadas cuando ya no eran útiles para la familia. Un destino muy triste... "¡Libraos bien de terminar así hija mía!" Solía decirle su madre.

Sin embargo, Angelet había conocido a señoritas solteras en Londres que eran muy alegres y tenían muchas amistades, daban fiestas y no encajaban en ese cuadro siniestro que pintaba su madre. Bueno, es que Londres era una ciudad única, distinta, allí había libres pensadores, revolucionarios, inventores, allí estaban los artistas más célebres, los médicos más reconocidos.

Angelet no le temía a la soltería, era demasiado joven para tener esos miedos, su miedo ahora tenía otro nombre Elliot Praxton y era un terror vívido.

—Ahora debemos buscaros abrigo y ropa de lana, sombreros y ropa apropiada para Spring Valley—dijo su madre.

La joven sonrió y se distrajo mirando tiendas, probándose sombreros, y estuvo feliz de escoger un par de guantes peludos y una colonia nueva con el dinero que le había dado su padre el mes anterior y que ella guardaba siempre escrupulosamente en una cajita.

Eran más de las dos cuando habían hecho todas las compras y saludado a un par de amistades de su madre en una cafetería y pensó que regresarían a casa, pero su madre dijo que irían a visitar a su prima Elizabeth que vivía en la elegante avenida llamada Picadilly.

—Creo que nos quedaremos hasta mañana pues se hará tarde para regresar hoy—le dijo.

LA ESTADÍA DURÓ TRES días y cuando regresaron a Forest Manor su hermana corría de un lado a otro histérica. Al parecer había visitas. Visitas masculinas... Hombres jóvenes y guapos, y a lo mejor solteros, por eso se la veía tan excitada.

Angelet odiaba cuando se ponía así, era tan evidente sus ansias de coquetear que la avergonzaba.

Entonces vio a Justin, y se sonrojó. Acababa de llegar de un viaje por la India donde su familia tenía negocios prósperos relacionados con una fábrica de telas. Sus ojos color miel sonrieron al volver a verla.

—Angelet... —dijo él y se acercó para besar su mano galante.

Parecía más alto, tenía un tono bronceado y el cabello tenía destellos dorados seguramente del sol y sus ojos, en sus ojos ella pudo notar que todavía estaba enamorado de ella. Su hermano se lo había dicho hacía algún tiempo. "Justin Blake viene por ti Angelet, no lo lastimes. No coquetees con él porque creo que está enamorado, siempre ha estado loco por ti".

Esa acusación la había enfurecido, ella no era coqueta ni alentaba a sus pretendientes de modo alguno. Entre ambos sólo había una amistad, se conocían desde hacía años, era casi de la familia y su partida fue algo triste.

—Justin, espero que aceptes quedarte a almorzar—dijo su madre encantada de verlo. Y no lo dejó en paz hasta que le averiguó todo lo que quería saber sobre su vida en la India y especialmente si se había casado con alguna señorita inglesa.

Abrumado por tantas preguntas apareció su hermano, que había regresado el día anterior y lo llevó a recorrer el campo a caballo como hacían en sus viejos tiempos, pero lady Hampton astuta dijo a su hija menor:

—No te entusiasmes tanto, sólo tiene ojos para Angelet, siempre ha sido así.

Esas palabras desmoralizaron a la pobre Clarise que fue hasta la mesa para comer un bollo de crema con expresión ceñuda.

—Pero Angelet está comprometida, pronto va a casarse—murmuró luego con la boca llena.

Lady Hampton la miró.

—Un hombre así de enamorado jamás se casaría con otra. Creo que el pobre morirá solterón. Me recuerda a un pretendiente que tuve en mi juventud, era idéntico... estaba loco por mí—los ojos de la dama parecían viajar en el tiempo y adquirir un brillo soñador.

—¿De veras? ¿Y qué pasó con él, quién era? —quiso saber Clarise interesada.

Angelet se sentó en una poltrona lejos de la mesa, no tenía hambre, el viaje a Londres la había dejado exhausta y habría deseado encerrarse en su cuarto y tirarse en la cama, pero no podían. Tenían visitas. Y habría sido una falta de educación no atenderlas como correspondía.

—Era el hijo de un barón empobrecido querida—respondió Lady Hampton—. Mis padres jamás habrían aprobado la boda, pero él... Nunca se casó. Fue a Londres para conseguir un buen puesto en una oficina, tenía parientes ricos que lo ayudaron y... Creo que hizo cierta fortuna en las mesas de juegos, eso decían las malas lenguas y luego regresó, pero yo estaba casada con tu padre y me vio con Richard en brazos. Supo que era tarde y que no podría ser. Sin embargo, seguía visitándonos...

Los ojos de su madre se iluminaron aún más y Angelet se preguntó si no habría estado enamorada de ese joven y no pudo casarse porque sus padres se oponían a esa relación. Ella en realidad no se había sentido enamorada de Justin, era solo el amigo de su hermano, un joven bueno y encantador a quién apreciaba, pero nada más. Cuando su hermano le dijo que él estaba enamorado se sintió mal, ¿por qué se había enamorado si sólo eran amigos? Cuando tenía trece años jugaban al escondite, él y su hermano menor y sus primos de Dartmoor.

Suspiró al recordar los juegos de infancia, una época feliz de juegos y risas. La gallinita ciega y ese primer beso robado que la asustó tanto y luego...

No dijo nada a nadie porque estaban solos en el bosque, además fue un beso tierno, tan dulce y tenía la casi certeza de que había sido Justin, porque sintió ese perfume que tan bien conocía. Le gustaba ese olor y ese beso fue un arrebato desesperado aprovechando que tenía los ojos vendados y lo había atrapado.

Se habían alejado de los demás y tal vez por eso la había besado.

Y mientras viajaba en el tiempo escuchó la voz airada de su hermana menor.

—Angelet, ¿en qué piensas? Vamos a tomar el té, Justin aguarda... creo que quiere verte de nuevo—sonrió—No sé por qué el señor te ha dado tanta belleza... y tantos enamorados, si sólo puedes amar a uno solo—señaló molesta.

—Oh cállate, si no fueras tan insoportable encontrarías pretendientes, pero eres tan niña que...—Angelet se alejó rumbo al salón principal y su hermanita la siguió ceñuda.

—Porque tú naciste hermosa y yo no... yo soy fea como tía Mildred—se quejó Clarise.

Angelet se detuvo y notó que tenía los ojos llenos de lágrimas.

—Esas son tonterías, ¿acaso crees que sólo con ser bella alcanza? Deberías mejorar tus modales y dejar de ser tan quejosa—dijo y siguió caminando.

—Pues alcanzaría para mí, al menos no dejarían de ignorarme mientras que tú... tienes muchos enamorados y si algo le pasara a tu prometido.

—Oh, deja de decir tonterías.

Lady Hampton las hizo callar de inmediato, poco antes de que entrara Justin seguido de Richard.

Ambas jóvenes se sentaron juntas a la izquierda de su madre mientras lord Hampton ocupaba la cabecera de la mesa desde el otro extremo.

Justin no dejaba de mirarla hasta que su padre intervino en su conversación con Richard.

—Pero háblanos de esos aborígenes y sus costumbres, Justin—su padre estaba muy interesado en la India, su madre no, sólo había preguntado para saber si se había casado.

—Es que nosotros vivimos en un lugar cerca de Delhi, los nativos son nuestros sirvientes y son muy fieles y...

Sus ojos buscaron y esperaba cualquier excusa para conversar, Angelet lo notó y se sintió abrumada y con ganas de escapar.

Rayos, hasta le había llevado un regalo de la India especialmente para ella ese día. Cuando vio la pequeña caja imaginó que sería una joya y no se equivocó, le había llevado un camafeo de plata con una piedra que parecía un zafiro.

—Gracias Justin, es precioso...

—Tiene el color y el brillo de tus ojos Angelet, esa piedra siempre me ha recordado a ti—dijo y de pronto vio su anillo de compromiso en la mano izquierda y se puso serio.

¿Acaso no lo sabía todavía y creía que...?

Entonces fue su hermana quién habló de sir Ravenston y la boda, lo hizo para fastidiar por supuesto al parecer estaba celosa de no poder atraer la atención de Justin.

Él la miró desesperado.

—Vas a casarte, pero... tú, eres tan joven Angelet—dijo.

—Tiene diecinueve, mamá dice que tiene edad más que suficiente—respondió Clarise.

Justin intentó sonreír, pero no pudo y Angelet se sintió mal sin saber por qué, y más tarde, mientras caminaban juntos por la pradera aprovechando los últimos rayos de sol, él le preguntó si estaba contenta con la boda.

Angelet evitó su mirada.

—Sí... ¿acaso tú no lo sabías?

—No... Richard no lo mencionó a pesar de que me escribe a veces para contarme las novedades.

Parecía apenado y ella sintió deseos de correr.

—Perdona es que... Eres tan hermosa sólo que sir Ravenston... ¿Es Charles Ravenston hijo? —preguntó muy serio.

Algo le pasaba y ella lo miró intrigada, ¿qué quería decirle?

—Sí... ¿acaso le conocéis Justin?

Justin vaciló.

—No...sólo he oído hablar de él porque... Ravenston está casado, lo estaba hasta hace poco. Es tan extraño, creí que un error, pero. Vive en Spring Valley, en Cumbria ¿no es así?

—Es verdad sí, ¿pero por qué lo preguntas?

Su antiguo enamorado no quiso decirle, tuvo que insistir y entonces escuchó algo que la dejó helada.

—Charles Ravenston de Spring Valley está casado Angelet, su esposa... Su esposa solía escribirle cartas a mi madre porque es la hija de una prima segunda que vivió muy cerca de Anne hall, nuestro hogar. De niña solía quedarse semanas en verano pues le encantaba Devon y la playa. Tal vez la recuerdes. Melania, una niña pelirroja muy traviesa. Yo huida de ella como de la peste, era insoportable...

—Oh sí, la recuerdo. Melania y su madre... Esa niña era algo extraña, una vez me golpeó en la espalda tan fuerte que me dejó sin aire. Odiosa era. Pero ¿qué tiene que ver ella en toda esta historia?

—Sí, es que la pobre no era del todo normal, sufría un retraso. Melania se casó con Charles Ravenston hace creo que cinco años o tal vez menos. Pero ese matrimonio no fue muy feliz, ella sufre un retraso y además... Una tara hereditaria.

—¿Una tara? Vaya, eso explica muchas cosas, pero... Tal vez murió, Justin, aunque él jamás mencionó que fuera viudo.

—¿No mencionó nunca que estuviera casado?

—No...

Angelet se puso pálida. No podía ser, entonces Charles...

—Lo que dices es muy extraño Justin. Debe haber algún error o confusión...

—Pero ella vivió en Spring Valley, le enviaba cartas a mi madre, siempre la quiso mucho la llamaba tía Rose. Sus cartas eran tan dulces...

—Qué extraño. Tal vez murió y Charles no quiso hablar de ello.

—Sí, seguramente... pero no deja de ser raro que vaya a casarse tan pronto.

—¿Has estado en Spring Valley?

—Sí, dos veces. Es un lugar maravilloso y no vi a ninguna joven que dijera ser su esposa. Además, mis padres jamás mencionaron tal cosa.

Justin se puso serio.

—Lo que dices me hace dudar, pero hablaré con mi madre, ella conoce a Melania y me dirá la verdad. Estoy seguro que se casó con sir Ravenston el hijo del conde hace más de cinco años, yo estuve en su boda. Creo que no fue una unión feliz... su padre lo obligó a sentar cabeza porque era un joven rebelde que pasaba demasiado tiempo en Londres en malas compañías y ella era una rica heredera.

—Pero si tiene esposa ¿por qué pediría mi mano?

Justin sonrió.

—Porque eres hermosa Angelet y cualquier hombre se sentiría tentado de pedirte matrimonio—le respondió.

—Pero si eso es verdad me ha engañado y la boda será falsa... si está casado con otra mujer y la mantiene oculta en su mansión... Es terrible Justin.

—Bueno, tal vez murió y mi madre no lo sabe, pero creo que me habría contado algo así, habría ido a su funeral porque es muy cercana a mi familia.

—Pero ¿por qué Charles escogería a una joven que tenía esos problemas mentales?

—No parecía sufrir una tara, lo disimulaba bien con los extraños, pero... es que su familia era una de las más acaudaladas de Devon. Bueno, tal vez fue una boda concertada o romántica, lo ignoro, cuando supe que se casaría me pareció extraordinario. Ella se veía muy enamorada ahora que recuerdo, de él no recuerdo gran cosa.

Angelet se detuvo para contemplar el paisaje agreste y suspiró mientras tiritaba, no podía ser, él jamás le había hablado de su esposa. Aunque ahora lo peor era saber si realmente estaba muerta o viva en algún lugar de Spring Valley. Se negaba a creer eso último, le resultaba tan macabro.

—¿Acaso crees que me ha engañado y que planea casarse en secreto para que nadie sospeche de esta boda porque en realidad tiene a su esposa viva y escondida en Spring Valley? Pero eso es terrible. No puedo creerlo—dijo al fin.

—Bueno, ha pasado otras veces. Es que en nuestra Inglaterra el divorcio está prohibido, sólo se admite en casos muy graves y no puedes volver a contraer matrimonio. Si realmente lo hizo creo que no debes casarte con ese hombre. Tu matrimonio no sería legal.

—Entonces debo hablar con mis padres, nos ha engañado a todos diciendo ser soltero. Si su esposa está escondida en esa casa... Es terrible Justin, pensar que pudo ser capaz de...Además la dispensa.

Rayos, ahora entendía por qué la urgencia de su prometido por casarse, la dispensa que había ido a buscar a Londres hacía días. Debió tener una razón de peso. ¿Temía ser desenmascarado?

Justin se acercó y consoló abrazándola despacio.

—No temas Angelet, si todo esto es cierto, ese hombre no te merece y no puedes casarte con él. Hablaré con tus padres, los ayudaré a desentrañar el misterio, lo prometo. Llegaremos a la verdad de esto.

Angelet temblaba y de pronto sus ojos se llenaron de lágrimas. Es que necesitaba escapar de Forest Manor, necesitaba hacerlo y sir Charles era su única oportunidad y ahora veía como todo se derrumbaba sin poder hacer nada. Pero él estaba allí para consolarla, para ofrecerle su ayuda sin sospechar que el futuro de esa boda no era el único de sus problemas.

—Lo siento Angelet... tú le quieres ¿verdad? —le preguntó Justin.

Un instante en sus brazos y sentía que el tiempo no había pasado, que había regresado su antiguo enamorado para defenderla de las burlas de otros chicos que en sus juegos siempre le tiraban del cabello y cuando fue mayor dos de ellos la atraparon en un juego para intentar besarla. Justin Blake impidió que esos dos atolondrados hijos de distinguidos lores del condado (y amigos de sus padres también) le robaran un beso.

—No temas Angelet, hablaré con Richard y lo ayudaré a averiguar la verdad, espero estar equivocado. Tal vez sí murió...

Él intentaba consolarla, pero esas revelaciones hicieron que recordara ciertos detalles que le dieron qué pensar. La prisa de sir Richard de pedir su mano, su renuencia a hablar de su pasado, de su familia. Sabía que su padre había muerto y su madre viuda aún vestía luto y era una dama envarada que no le tenía demasiada simpatía. Pero no sabía nada de esa esposa y sin embargo durante su estancia en Spring Valley alguien había mencionado al fantasma de la pelirroja, uno de los criados, lo recordó de repente. La muchacha estaba pálida mientras le decía a otra "que la fantasma de la joven pelirroja había regresado" Y Melania era pelirroja. ¿Y si ella realmente no había muerto y estaba escondida en Spring Valley? ¿Sería capaz de hacer algo tan macabro, de casarse con ella y tener a ambas esposas viviendo en el mismo techo?

Se apartó lentamente de Justin y secó sus lágrimas.

—Angelet, lo lamento mucho, de veras que sí, pero luego que supe que ibas a casarte con ese hombre... No sabía si decírtelo o callarlo, pero creo que he cumplido con mi deber. Odiaría que ese hombre te engañara de esa manera.

Su mirada le decía más que mil palabras, podía sentirlo, todavía la amaba durante años había estado enamorado de ella en silencio, sin decir nada, sin atreverse a declararle su amor ni antes de partir a la India con su familia. La conocía desde que era una niña, habían compartido juegos y risas y miraditas. Sí, él también le gustaba no solo porque era guapo sino porque era tan bueno. Todos hablaban de la bondad de ese joven, de su lealtad a Richard, sin embargo, cuando sus padres supieron que se iría a la India dijeron que era un disparate. "Ni sueñes que irás con él" le había dicho su madre.

Y ella desistió. Se mostró fría y evitó su compañía porque tampoco deseaba ser la esposa de Justin sólo tenía diecisiete años y no se sentía ni preparada para casarse ni viajar a esa peligrosa tierra de salvajes.

Ahora mientras regresaban a la casa notó que Justin había cambiado, que se había vuelto un hombre muy atractivo sin haber perdido su carácter apacible y noble. Sus ojos notaron su porte militar, su físico atlético y pensó que estaba pensando demasiadas tonterías cuando acababa de enterarse de algo tan horrible.

¿Qué dirían sus padres cuando se enterarán, qué harían al respecto? ¿Y qué haría ella, casarse como si nada para escapar de sir Praxton?

Durante la cena sintió la mirada de Justin.

Su antiguo enamorado había regresado, estaba allí cerca para consolarla y su madre no descansó hasta enterarse que planeaba establecerse en Devon.

—¿Entonces no regresarás a la India? —preguntó Sophie.

—No, no lo haré lady Hampton, deseo establecerme en Anne hall—le respondió.

Los ojos de lady Hampton se volvieron brillantes como si ese joven se hubiera vuelto un partido interesante tal vez para su hija Clarise... O para Angelet si enviudaba... por supuesto que no pensaba que su flamante futuro yerno pudiera morir, pero...

—¡Qué estupenda noticia! Richard os echaba mucho de menos y creo que el condado entero sufrió al ver una residencia tan hermosa casi vacía—opinó mientras se llevaba a los labios una copa de vino tinto y observaba a su hija mayor que se había sentado al lado de Justin y se veía algo ruborizada como si...

Bueno, eso no era muy conveniente, pero ¿qué podía hacer? Justin se quedaría unos días, luego regresaría a su señorío y ella se casaría con sir Ravenston en menos de dos semanas.

SIN EMBARGO, SU MADRE no estuvo tan encantada cuando días después se confirmaron las peores sospechas del tenebroso secreto de sir Ravenston y su esposa escondida en algún lugar de Spring Valley.

Su esposo había hecho algunas averiguaciones inquietantes y la cosa no pintaba nada bien para el "pretendiente perfecto".

Por supuesto que la dama lo negó con excesivo énfasis mientras celebraban una reunión privada entre los más cercanos de la familia para decidir qué hacer al respecto.

—Pero eso es un disparate, no lo creo... debe haber algún error, sir Ravenston es un caballero amable, de moral intachable. Creo que no podemos precipitarnos.

Lord Hampton también tenía dudas, pero se mantuvo cauto al dar su opinión.

—Debemos investigar este asunto con mucha discreción.

Richard y Angelet eran quienes creían que la historia de Justin era verídica.

—Padre, Justin cree que está encerrada en la mansión y que luego dijeron a todos que había muerto para que sir Ravenston pudiera casarse de nuevo. ¿Qué hombre podría soportar una esposa demente? Además, la pobre Melania era huérfana, y su única familia era una tía que terminó en un asilo para locos de Londres.

Lord Hampton había estado haciendo algunas averiguaciones inquietantes al respecto. ¿Viviría en Spring Valley, escondida fingiendo estar muerta?

—Es terrible querido, no puedo creerlo, debe haber algún error...

Lady Hampton esperaba que todo encontrara una solución satisfactoria.

Su marido en cambio se veía sombrío, nada convencido.

—Desearía que fuera así querida, pero temo que hay cierto misterio en todo este asunto que no me agrada. Justin, hijo, vuestra ayuda ha sido de vital importancia. Porque el matrimonio es sagrado, aunque temo que el corazón de mi hija ha quedado magullado con todo esto... tardará en recuperarse me temo.

Angelet escuchó la conversación escondida pues no había sido invitada a participar y por ende Clarise estaba pegada también con la oreja pegada a la pared.

—Ese caballero no es digno de casarse con Angelet, he hablado con un primo que lo conoce de Londres y me ha dicho que... debo hablar con usted a solas sobre esto, una dama no puede oír secretos tan vergonzosos.

Lord Hampton miró a su esposa con expresión furtiva.

—Ve querida, hablaré en privado con nuestro hijo y Justin. Ve... habla con nuestra hija, intenta consolarla en estas horas tan tristes, creo que temo que esta boda deberá suspenderse.

—Pero el vestido, la fiesta...

—Eso no tiene ninguna importancia ahora... deja que converse con Justin en privado querida, por favor.

Lady Hampton obedeció como siempre había hecho durante veintiocho años de matrimonio. Y lo único que la reconfortaba ahora era saber que al menos estaba Justin, el antiguo enamorado. ¿Estaría dispuesto a casarse con Angelet si Ravenston resultaba ser un pillo sin escrúpulos ni conciencia?

Oh Justin era tan adorable, tan bueno... No era autoritario y su carácter era tranquilo, encantador y paciente, y además amaba a su hija, adoraba el suelo que pisaba. No había nada más conmovedor y más bello en este mundo que un hombre enamorado. Un hombre bueno y enamorado, porque enamorados podía haber muchos.

Angelet vio salir a su madre y pensó que el asunto era mucho peor de lo que había creído.

—Lord Hampton, lo que tengo que contarle de sir Ravenston es muy delicado y... desagradable. Pero he oído que ese caballero tiene además costumbres muy inmorales. Lo que quiero decir es que frecuenta rameras muy jóvenes, casi niñas en un burdel que... Esto me horroriza porque no creo que exista un hombre más enfermo que ese. Usted no puede entregar la mano de su hija a ese hombre.

Lord Hampton enrojeció, había temido que le dijera que sir Ravenston frecuentaba hombres y era invertido, pero eso que decía Justin era mucho peor. ¿Jovencitas, casi niños? ¿Burdeles de Londres? Ese hombre era un completo depravado, un pervertido lujurioso y un miserable tramposo.

—Por supuesto que no habrá boda, nos ha embaucado a todos. Me siento vilmente engañado, burlado en mi buena fe porque jamás creí que ocultara secretos tan horrorosos y vergonzosos. Jamás lo habría imaginado... Pero debí sospechar, tenía demasiada prisa por adelantar la boda, decía estar muy enamorado de Angelet y hasta dijo que conseguiría una dispensa. Y yo lo acepté, creí en sus patrañas. Y ahora... pero no habrá ninguna boda, no después de saber estos horrores. Es demasiado...

Lord Hampton había estado muy activo y de muy mal carácter esos días luego de hacer algunas pesquisas entres sus allegados, y hasta contratado a un detective para que investigara y corroborara la historia de Justin, pero sabía que la investigación podía tardar. La discreción en ese asunto era muy importante y así se lo dijo al joven Justin, debía evitarse el escándalo.

La palabra escándalo puso muy incómodo al lord Hampton.

—Creo que es inevitable el escándalo padre, lo principal es evitar que ese hombre despose a Angelet—intervino su primogénito.

Su padre le dirigió una mirada rápida.

—No es el único pretendiente indeseable que tiene, ¿acaso lo has olvidado? Pensé que serías más inteligente y encontrarías un pretendiente adecuado.

Richard enrojeció.

—¿Y cómo iba a imaginar que tenía una esposa loca escondida? Todos decían que había enviudado.

—Sí, por supuesto. En Londres todos fingen algo que no son, ese caballero fue a Londres a buscar una esposa boba que no sospechara nada. Por eso tenía tanta prisa, ahora lo entiendo. Teme ser descubierto en su maldad y también en sus vicios. Bonito partido le has encontrado a tu hermana. ¿Y decías que lo conocías y era tu amigo en la Cambridge?

—Padre, jamás supe nada de esto, él nunca mencionó a su esposa, ¿crees que le habría presentado a mi hermana de haberlo sospechado?

—Está bien... no es tu culpa lo sé, pero... me siento vilmente engañado, estafado por ese hombre. Si todo esto es cierto y temo que lo es...

Cuando Angelet escuchó esas palabras suspiró. Se sentía horrorizada de lo que había oído de Ravenston y comprendió que no habría boda ni vida en Spring Valley. Lo que imaginó una historia de amor se había convertido en algo horrendo, grotesco. El testimonio de Justin fue determinante, él sabía más cosas de Ravenston y quería protegerla, pero el pobre no imaginaba el peligro que la acechaba. El plazo que le había dado Praxton acababa de vencerse, ¿qué pasaría entonces, ¿qué haría él? No le había enviado ninguna carta o mensaje...

Y como si leyera sus pensamientos su hermana dijo:

—Bueno, ahora tendrás un nuevo marido Angelet—no dejaba de sonreír como si todo el asunto fuera divertido.

—¿De qué hablas? Calla o te oirán. Ven, debemos irnos de este escondite.

UNA SEMANA DESPUÉS recibieron la visita del caballero, un detective de Londres amigo personal de Lord Hampton, un sujeto fornido y de pocas palabras que se reunió con su señoría a puertas cerradas en la biblioteca.

Angelet daba un paseo con Justin por la pradera cuando vio el carruaje acercarse. Su corazón palpitó pensando que sería sir Praxton, ese carruaje, había visto antes ese escudo.

—Angelet, ¿qué tienes? Te has puesto pálida.

Ella señaló a la distancia.

—Ese carruaje es... es él, sir Praxton.

—¿Sir Praxton? ¿Te refieres a los Praxton de Dartmoor?

—Sí...

—¿Y por qué le temes a ese hombre?

No quiso decirle, estaba temblando, de un tiempo a esta parte su vida se había puesto de cabeza, sir Ravenston no era quién decía ser pues la había defraudado y Praxton... La había amenazado con matar a su hermano si se negaba a casarse con él.

—Angelet... no temas, tranquila—Justin se acercó y tomó su mano y ella lloró ante ese tierno gesto y de pronto se encontró entre sus brazos.

Se abrazaron en silencio sin decir nada hasta que la crisis pasó y Angelet dejó de temblar. Sabía que no era correcto estar tan cerca de un joven que no era más que el amigo de su hermano peor le hizo tanto bien sentir su calor, su amor... porque sabía que la amaba, la amaba desde hacía años sin esperar nada, sin ser como esos bribones que buscaban una ocasión para robarle un beso en los jardines. Sin embargo, sabía que no debía alentarle, su madre la había educado para que fuera recatada y fría, que no sucumbiera a la pasión como otras jóvenes de su edad. Y tal vez por ello nunca se había enamorado.

Pero había cosas más importantes en la vida, su madre siempre lo decía y a pesar de ello en esos momentos notó que Justin quería besarla y eso la hizo temblar porque deseaba que lo hiciera.

—Creo que debemos regresar, Justin.

—Aguarda... Angelet—le pidió él—Quiero que sepas que lamento mucho todo esto, siento haber sido quién tuviera que desenmascarar a ese hombre, pero creo que debías saber la verdad sobre sir Ravenston.

—Está bien... te lo agradezco Justin... estoy algo asustada con todo esto y te aseguro que jamás lo habría imaginado, pero... Creo que habría sido peor si me hubiera casado con él, aunque mi padre espera la llegada del detective para tomar una decisión.

—Pero... ¿acaso tiene dudas? —Justin parecía sorprendido.

—No... pero dijo que quería estar seguro porque en ocasiones las personas murmuran y...

—Bueno, entiendo que todo esto ha sido terrible, pero... Angelet, todo es verdad.

—Sí, lo sé, pero mi padre ha dicho que necesita pruebas y que teme haberse apresurado porque sir Ravenston es un caballero de honor.

La expresión de Justin cambió.

—Pero es inadmisible que diga eso ahora ¿acaso cree que le he mentido?

—Oh por supuesto que no, pero... no aceptaré a Ravenston, no lo haré... tal vez esté utilizando artilugios para convencer a mi padre. Puede haber escondido a su esposa en otro lugar que no sea Spring Valley.

Angelet no quería casarse con ese hombre, ni siquiera verle y no comprendía la repentina obstinación de su padre de aguardar a tener pruebas sobre la acusación que Justin había hecho. Tuvo la sensación de que algo había conversado con su hermano en privado.

—Ángel ese hombre no te merece, no es para ti y además... no pueden obligarte a que le aceptes.

—Sí pueden Justin... en realidad esta boda no fue decidida por mí.

—Pues no permitiré que te hagan esto. Es tan injusto.

Sí, lo era, pero ¿qué podía hacer ella?

En su familia había secretos, reuniones entre sus padres en las que sólo participaba su hermano Richard, en ocasiones su hermana Clarise había espiado, pero ambas seguían permaneciendo apartadas. Y ahora Angelet se preguntó si por alguna de esas reuniones no habrían decidido que la casarían con Ravenston a pesar de "esos rumores". Sentía terror de que eso pasara, que por evitar el escándalo decidieran casarla sabiendo que su prometido tenía una esposa loca encerrada en alguna parte.

Regresaron en silencio a Forest Manor preguntándose con angustia qué pasaría ahora. Justin debía marcharse en unos días y no volvería a verle y tenía la sensación de que él deseaba prolongar un poco más su estadía y tal vez... ¿Querría pedir su mano como la vez que se vio obligado a viajar a la India con su familia?

Él la amaba, podía sentirlo y tal vez siempre la había amado y sabía que sería un esposo bueno y amoroso porque el amor lo guiaba y no el interés de encontrar una esposa adecuada para su linaje, lo sabía bien. Justin también era muy tímido, podía notarlo y ella mucho más. Jamás lo alentaría a pedir su mano a menos que la situación fuera muy desesperada.

Y sin embargo ese día casi había estado a punto de decirle algo importante, lo vio en sus ojos cuando se indignó al saber que su compromiso con Ravenston no sería roto por el momento hasta que su padre tuviera las pruebas que necesitaba y tuvo la sensación de que quería pedirle matrimonio como aquella vez antes de irse de viaje, pero entonces no se había atrevido y tal vez tampoco lo hiciera ahora.

Al entrar en la mansión Angelet recordó que había visto el carruaje y quiso saber quién era el ilustre visitante y para ello se acercó con sigilo a la biblioteca con la esperanza de oír algo.

Clarise la interceptó cuando llegaba al ala este de la mansión.

—Oh al fin apareces Angelet. Está aquí... El detective que contrató nuestro padre y... hace más de una hora que está encerrado con él.

—¿De veras? Pero ¿qué ha dicho, has podido escuchar algo? —le preguntó.

Su hermana miró a su alrededor con aire conspirador.

—Angelet, Justin tenía razón: el detective ha descubierto a la esposa de Ravenston internada en una clínica de enfermos mentales en Londres. No puede casarse contigo y el escándalo será terrible. Nuestro padre está consternado, no da crédito a la historia. Al parecer la dama está allí porque intentó matar a Ravenston y como se trata de una mujer de alta alcurnia pues no pueden meterla presa.

—¡Oh, ¡qué horrible! ¿Entonces todo era verdad?

—Al parecer sí, Justin no mentía como insinuó mamá, pobre... Bueno es que ella pensó que lo hacía para poder casarse contigo como siempre soñó.

—Clarise calla...pueden oírte—se quejó Angelet.

Los ojos de Clarise bailaban.

—Siempre está espiándote—dijo de repente.

—¿De qué hablas?

—Hablo de Justin, tu enamorado eterno. Nuestra madre dice que es una buena opción para ti ahora que se quedará en Inglaterra. Sabes que no lo habría considerado de otra manera.

Angelet se sonrojó al pensar en Justin. Sin saber por qué la idea de casarse con su viejo amigo le provocaba espanto.

—Exageras... una boda no puede tramarse de esa forma Clarise. Dices tonterías—dijo molesta.

—Pues ya lo verás...

Entonces las peores sospechas se habían confirmado, la horrible historia que contara Justin se hacía realidad. La esposa escondida en un manicomio porque había intentado matar a su esposo y él seguramente quiso casarse de nuevo por alguna razón. Soledad, herederos, el amor...

Pero tal vez no había querido engañar a nadie, se vio forzado a ello. De todas maneras, lo había hecho.

Su padre se lo dijo a media tarde en la biblioteca.

—Angelet, no son buenas noticias hija... Lo que debo deciros es muy delicado y...

Siempre era muy delicado para su padre como si ella fuera una niña de seis años. Pues ya no era una chiquilla, los últimos sucesos la habían hecho crecer deprisa.

—Esta mañana me ha visitado el señor Charleton. El detective que contraté para averiguar la verdad sobre sir Ravenston—declaró con cierto embarazo.

No le contó los detalles se veía profundamente avergonzado y apenado y tal vez furioso porque de pronto lo vio enrojecer y decir: —¡Jamás lo habría pensado! Este caballero se ha burlado de nuestra buena fe. Pretendía llevarnos al engaño y tal vez robarnos el dinero. Y pensar que ese hombre os fue presentado como honorable. Es increíble con qué facilidad se dejan engañar esas damas remilgadas de Londres. Sospecho que por eso escogió ese lugar para buscar esposa el muy cretino. Y por esa la premura... una boda con prisas jamás ha resultado buena cosa, pero...

Angelet asintió y no supo qué decir. En realidad, sentía un gran alivio de que ese hombre fuera desenmascarado, pero...

—¿Y qué pasará ahora padre? Falta solo una semana para la boda y...

—Bueno, ese no es nuestro único problema ahora hija... Creí que todo acabaría, pero no...

Su padre sudaba profusamente y no dejaba de dar rodeos hasta que dijo: — Porque ese malnacido de Dartmoor me ha enviado a sus abogados reclamando un dinero que él asegura, le pertenece. Una herencia que perdió porque su tío, un viejo amigo, un hombre honorable que nada tiene que ver con este mequetrefe... Pues me reclama por un negocio que no resultó, como si uno pudiera responsabilizarse por las cosas que no salen como esperábamos... Los negocios parecen ser muy prometedores, pero...

—¿Te refieres a sir Praxton, papá? —preguntó con un hilo de voz.

—¿Sí, ¿qué otro demonio de Dartmoor conoces? Ese maldito ha venido hace un momento con sus abogados para darme un ultimátum, si no hago lo que me pide llevará este asunto a juicio y eso será nuestra ruina Angelet.

—¿Nuestra ruina?

—Sí, así como oyes. Y esos tunantes de bien vestir, tan educados me han enseñado el documento que deseen que firme para evitar la ruina de esta familia porque dice tener pruebas en mi contra.

—¿Pruebas?

—Sí, pruebas contundentes de algo que es un disparate inventado, una cruel infamia de ese resentido libertino del demonio, por supuesto.

Cuando su padre se enojaba decía esas cosas, no escatimaba en epítetos y lograba combinarles con cierta gracia.

—Padre, tal vez si le entregas el dinero que reclama...—terció Angelet.

Los ojos de su padre se abrieron con gesto de estupor.

—Pues me encantaría que fuera así de sencillo. No lo es, por desgracia. Praxton no quiere dinero quiere hundirnos a todos hijos, ¿es que no entiendes? Praxton nos odia y tú tienes la culpa en parte.

—¿Yo? No comprendo padre. —Angelet movió las manos, visiblemente inquieta.

—Esa amistad inocente de Londres, las miradas... el cortejo descarado de ese sinvergüenza y sus cartas de amor.

—¿Cortejo, cartas de amor? ¿Cuáles cartas?

—Pues las que él os envió de forma anónima durante todo este tiempo. Vuestro enamorado secreto. Y las flores, los bombones... todo lo habéis conservado como una ardilla. Os prohibí que hablaras con ese hombre y que si recibías de nuevo una carta... me avisaras. No lo hiciste.

—¿Pero ¿qué dice padre? Praxton jamás me ha escrito una carta.

—¿Ah no? Dígame señorita Angelet ¿qué son estas cartas, estas poesías tan bellas que encontré en su habitación escondida bajo tu colchón en una amorosa caja de madera labrada?

Su padre sacó un paquete de cartas cuidadosamente anudado y se lo acercó con el ceño fruncido.

—¿Reconoce estas cartas, señorita Hampton? —dijo entonces.

Ella no respondió, pero vio que eran las de su enamorado misterioso. ¿Cómo las encontró y por qué le decía que había sido Praxton? No podía ser.

—Las habéis guardado todas. Vuestra madre os prohibió que lo hicierais, os prohibimos, pero has desobedecido—continuó.

Su padre estaba muy alterado.

—Lo lamento mucho, es que jamás imaginé que eso pudiera hacer daño... no son cartas de amor sino poesías, padre y jamás pensé que fueran de sir Praxton.

—¡Al demonio señorita Hampton! Deje decir tonterías, por favor. Esas cartas se las envió Praxton junto a las rosas y los demás presentes.

—Pero eso no puede ser...

La joven sintió un dolor espantoso en el corazón, como si esa revelación le hiciera mucho daño. Una broma macabra, una burla... Y ella había creído que había un magnífico poeta, un alma delicada y sensible que la amaba en soledad y le dedicaba esos versos.

—Pues sí es el caballero Praxton, no tenemos dudas de eso. Tu hermano lo encontró espiando en la pradera como un zorro, siguiendo vuestros pasos con malvadas intenciones. Entonces lo pilló y descubrió que tenía una carta que esperaba dejar en el buzón de la entrada para usted señorita Hampton. Él lo confesó, además, es un hombre atrevido que no le teme a nada y Richard... El muy imbécil lo retó a duelo por su osadía.

—¿Y por qué hizo eso? ¿Por qué se burló de mí? ¿Por qué lo hizo?

—Porque nos odia hija, me acusa de haber provocado el suicidio de su tío, de llevarle a la ruina y quiso conquistarte porque tramaba una cruel venganza.

Angelet se alejó mareada, incapaz de decir palabra no respondió se sintió tan aturdida y herida que no habría sabido qué decir. Vaya, qué tonta había sido, creyendo esas cartas, aguardando con impaciencia la siguiente y luego de su cita en Stonehill las cartas habían dejado de llegar.

—Le advertí a ese malnacido que te dejara en paz, lo hice, pero no me ha escuchado y ahora... Me exige que te entregue a él como parte de pago, que seas su esposa. Porque si me niego dice que no descansará hasta meterme en la cárcel.

Cuando su padre comenzó a hablarle de ese acuerdo tembló, no podía ser verdad. ¿Casarse con el hombre que se había reído de ella escribiéndole cartas de amor que ahora sabía, eran falsas?

—Es lo que me ha pedido a cambio de su perdón y de su silencio y si me niego a consentir esa horrible unión, esa nefasta boda... si lo hago, sus abogados llevarán este asunto a los tribunales y eso sería una deshonra para toda nuestra familia, el escándalo me enterrará vivo, hija—su padre estaba exhausto como si ese asunto le hubiera quitado la rabia y todo lo que había sentido momentos después. Se dejó caer en la silla con desgano.

—Padre, vuestros abogados pueden ayudaros, manejarían este asunto y... Debe haber alguna forma.

Su padre no respondió y ella tomó las cartas con cuidado sin saber qué haría luego, ¿las arrojaría al fuego como deseaba en esos momentos o volvería a guardarlas? El misterio se había resuelto de forma inesperada, su enamorado secreto no existía, era un demente que había planeado una cruel venganza contra su familia. Ese había sido el origen... No podía ser...

—Angelet... lo lamento, pero creo que no hay otra alternativa—dijo entonces su padre.

Ella guardó las cartas con un movimiento involuntario y lo miró.

—Temo que deberás casarte con Praxton... Pero escucha, no será un verdadero matrimonio. Él quiere casarse enseguida, en menos de un mes, está loco por supuesto porque ninguna iglesia lo casará en tan poco tiempo, pero su premura me dio una idea.

—Padre, ¿entonces realmente tendré que casarme con ese hombre?

—Me temo que sí hija, pero no será un matrimonio de verdad, sólo será un tiempo. Luego podrás pedir la anulación, te lo prometo. Buscaré la forma de deshacer esa nefasta unión. Lo haré.

Ella lo negó, no habría tal boda, nunca se casaría con Praxton, no, no lo haría, su padre no podía exigirle ese sacrificio.

—Quise evitarlo... pero Ravenston me ha traicionado y engañado, no puedo confiar en él. Si no tuvo la anulación del matrimonio como solicitó y dijo a todos que era viudo confiando en que podría casarse sin más... Esa boda no sería legítima porque su esposa está viva y al parecer goza de muy buena salud a pesar de que está loca. Y si alguno de sus familiares se entera sería una calamidad.

Su padre estaba disgustado sí, pero ella estaba desesperada, no podía pedirle que hiciera ese sacrificio por su familia.

—Tu madre ya lo sabe Angelet, ella te ayudará a sobrellevar esta prueba con la dignidad y fortaleza que nos caracteriza. Y no temas que haré que me firme un contrato prematrimonial en el cual deberá tratarte con respeto y que si rompe alguna cláusula tendré derecho a pedir la anulación del matrimonio.

Angelet no dijo nada, no fue capaz de prometer que lo haría, su pensamiento era escapar, buscar la manera de abandonar Forest Manor enseguida. Se sintió mareada y enferma, atrapada en un lugar en el que no deseaba estar ni quedarse.

—Padre, no puedes pedirme eso—dijo al fin. Sus ojos brillaban de rabia.

Su padre no respondió.

—Debe haber alguna forma... Ese documento... Padre, tenéis los mejores abogados, no puede haceros ese chantaje.

—Pues lo he intentado, he hecho todo por alejarte de ese hombre, hace meses que vino aquí a pedirte en matrimonio y me opuse y le rogué a tu hermano que encontrara un candidato aceptable y lo hiciera con celeridad. Ravenston era quién podía ayudarte a escapar, al comienzo lo creímos, era el pretendiente ideal, soltero, con una sólida herencia en Cumbria, pero ahora no puedo contar con él por razones que ya conoces. Temo que no hay más que pueda hacer por ti, hija. Lo lamento. Esta boda me causa tanto disgusto como a ti, pero no veo otra manera de solucionar este infame chantaje del que he sido víctima desde hace meses.

Entonces no había nada más que hablar ni decir, su padre aceptaba su derrota y lo hacía inmolando a su hija, entregándola al demonio como un antiguo sacrificio. No, no podía ser, debía haber otra salida...

Angelet tomó las cartas y se marchó la biblioteca sintiendo que todo se derrumbaba a su alrededor. Entonces él había pedido su mano hacía tiempo, había querido tenerla a cambio del dinero que le debía su padre. Como si fuera una mercancía, un mueble del que podía disponer a placer. Era un trato infame digno de un canalla. Porque Praxton era un completo canalla, no tenía dudas.

SU MADRE INTENTÓ A convencerla al día siguiente, luego del desayuno, mientras daba un paseo por la pradera. Necesitaba alejarse y gastar energías, realmente estaba furiosa y sabía que solo la visión del campo le daría algo de sosiego a su alma atormentada.

Entonces vio a su madre llamarla a la distancia, agitando su mano con un ademán de impaciencia.

La joven se detuvo y la esperó.

Sophie tuvo que alzar sus faldas y correr para alcanzarla.

—Angelet... Caminas demasiado, Dios santo, me has dejado con lengua fuera —se quejó su madre jadeando— Aguarda, tengo que hablar contigo.

Sí, lo imaginaba. Su madre se veía triste y como si se sintiera culpable, algo muy raro en ella.

Le habló de Praxton por supuesto como si quisiera prepararla para lo que vendría. Su boda con sir Ravenston ya no podría ser.

—La modista ha traído el vestido Angelet... pero creo que deberás usarlo en tu boda con Praxton. Él ha venido a verte, tiene cierta prisa y tú... te ruego que lo trates bien, que no seas impulsiva ni...

—¿Dices que ha venido hasta la mansión? ¿Cómo se atrevió?

—Sí, está aquí, por desgracia... Lo hizo porque tu padre dijo que te casarías con él sin demora, con una dispensa si es necesario. Por favor hija no cometas ninguna imprudencia, sé cuánto os disgusta esa boda, pero... Haz un esfuerzo.

No, su madre no lo imaginaba. Porque ese hombre no sólo la había asustado diciendo que mataría a su hermano en un duelo también se había burlado de ella al enviarle esas cartas. Y todavía no lograba entender por qué lo había hecho.

De pronto miró a su madre y no pudo evitar llorar.

—No pueden entregarme a ese hombre, no pueden hacerme esto—protestó furiosa.

Su madre pestañeó contrariada.

—Oh Angie, te juro que quisimos evitarlo, lo intentamos querida pero ahora... Es que no vemos otra salida, ese hombre tiene amenazado a vuestro padre. Lo ha hecho y no se detendrá hasta arruinarle, pero si tú... Él se convertirá en tu esposo y no creo que sea buena idea que le rechacéis ni...

—¿Y qué esperáis que haga, madre? —exclamó la joven fuera de sí, con los ojos llenos de lágrimas y furiosa con todo sentía deseos de correr, de gritar. Mientras que su madre se mostraba muy calmada y en su vano intento de consolarla quiso abrazarla, pero la joven la rechazó de plano.

—Sé que es muy difícil para ti Angelet, lo entiendo, pero debes comprender que es necesario que hagas este sacrificio por tu familia. Y si algo no sale como todos esperábamos, si ese caballero no os trata con respeto pediremos la anulación. Te lo prometo hija. Sólo tienes que evitar que... la consumación.

La palabra consumación era muy turbadora.

—Ahora por favor ve a hablar con él, trátale bien...—insistió su madre—Que no sospeche cuánto os disgusta esta unión, no hieras su vanidad porque si cambia de parecer... Oh hija, vuestro padre irá a prisión y no lo soportará, un caballero como él... Por favor, pon tu mejor sonrisa, resiste, aprieta los dientes antes de decir algo indebido como yo os he enseñado.

Sin saber ni cómo logró aplacarla y convencerla de que regresara a la casa y se reuniera con su prometido.

O eso pensó su madre que la vio regresar a la casa con paso ligero.

Sin embargo, no era así. Nada más entrar a la casa y enfrentarse cara a cara con sir Elliot Praxton una mezcla de rabia y miedo se apoderaron de su alma. En cambio, él parecía muy tranquilo...

—Buenos días, señorita Hampton. ¿Cómo está usted? —besó su mano muy atento, pero en su mirada había una expresión casi triunfal que la irritó bastante.

"Contrólate hija por favor, no le digas nada a ese hombre, no lo hagas, no te enfrentes a él..." le había rogado su madre con desesperación. ¿Y por qué le habría dicho eso? Angelet lo ignoraba.

—Buenos días, sir Praxton. Ha venido a visitarme—respondió ella sin poder disimular los nervios que la recorrían como una corriente de electricidad.

—Sí... he venido a saber si aceptará casarse conmigo. Disculpe la franqueza, por favor, pero el tiempo que le di a su padre para convencerla ha excedido el límite soportable... Para un novio tan enamorado como yo, el tiempo es oro—puso énfasis en las últimas palabras.

¿Es que el descaro de ese hombre no tenía límites? ¿Cómo podía hablarle con una franqueza tan brutal? ¿Tiempo? ¿Entonces Praxton le había dado un tiempo a su padre para que la convenciera?

—Bueno, ¿es que no va a decir una palabra, señorita Angelet? —insistió él impaciente.

—Mi padre me ha hablado de su proposición y también que es el autor de las misteriosas cartas que he estado recibiendo hace tiempo.

Su mirada cambió.

—¿Cartas? No sé de qué me habla... Vamos, deje de dar rodeos. ¿Se casará conmigo o deberé iniciar un juicio contra su padre? Escuche, no estoy jugando. He traído mis abogados porque si algo no sale como esperaba, deberé viajar a Londres de inmediato.

Ella no se esperaba esa respuesta, quería que le dijera por qué le había escrito esas misteriosas misivas, haciéndole creer que tenía un enamorado secreto que le escribía poesía, ¿por qué lo había hecho? ¿Acaso era parte de su venganza? ¡Diablos! Se sintió tan herida, tan burlada, que en esos momentos sintió que odiaba a ese hombre por haberla engañado, estafado rompiendo esa ilusión, el misterio de saber que tenía un enamorado secreto, porque de pronto comprendía que había significado algo importante para ella, aunque sólo fuera una fantasía romántica.

Ajeno por completo a su rabia y desdén, vio a su padre hacer un gesto de impaciencia y decir:

—¿Y bien señorita, Hampton? ¿Es que no va a responderme?

Esperaba que se rindiera, que dijera que sí de buenas a primeras, tal vez podría hasta llorar, ponerse histérica, suplicar... Como si disfrutara su miedo, desconcierto y también la rabia que sentía en esos momentos.

—¿Puedo preguntarle algo, sir Hampton? —le preguntó a su vez.

Él asintió con un gesto.

—¿Por qué desea casarse conmigo? Usted odia a mi familia y no... logro entender por qué lo hace. ¿Acaso cree que el matrimonio puede tomarse con tanta ligereza? —Estaba decidida a no mostrarle miedo ni tampoco que podría domeñarle a su antojo como a una debutante ñoña de temporada.

Sus palabras le provocaron cierto desconcierto mostrando a las claras que no se esperaba esa respuesta.

—Bueno, usted ya lo sabe... Su hermano arruinó mi reputación y ninguna dama decente me querrá por esposo así que... Pensé que usted me vendría de perlas.

—Eso no es verdad.

—Oh sí, todo es verdad señorita Hampton. En nada le he mentido.

Se hizo un incómodo silencio en el cual quedaron enfrentados, sus ojos echaban chispas y estaba conteniéndose para no llorar.

—Usted pidió mi mano hace tiempo, mucho antes de pelear con mi hermano.

Él sonrió.

—Sí, es verdad... ¿qué importa eso? ¿Por qué le interesa saberlo señorita?

Angelet suspiró y se contuvo de nuevo.

Él sonrió levemente y dio unos pasos hacia ella con un ademán casi rapaz.

—¿Acaso cree que lo hago para vengarme, para humillarla y castigar así a su padre? Pues no es verdad, no lo hago por eso. Así que pude estar tranquila, lo hago porque necesito una esposa bella y distinguida como usted. ¿Entonces su respuesta es que sí va a casarse conmigo?

No estaba segura sí esas palabras eran tan tranquilizadoras para ella, tuvo la sensación de que no le decía la verdad.

—Está bien... Me casaré con usted sir Praxton, lo haré, pero... déjeme advertirle que mi padre tiene buenos abogados y que, si no me trata con el debido respeto, si descubro que me engaña o me hace daño de alguna manera... Le aseguro que pediré la anulación.

Él sonrió y miró sus labios.

—Eso no ocurrirá señorita, ¿cree que soy un maleante del West End? Soy un caballero y jamás haría daño a una dama, ¿es que no recuerda que la tuve en mi mansión y no osé siquiera robarle un beso?

La jovencita enrojeció al recordar el episodio del duelo que había evitado... vaya ironía, su hermano, su padre y su familia entera estaría a salvo excepto ella por supuesto. Era extraño pero ese hombre la desconcertaba, si no había pedido su mano por una vieja deuda de su padre, ¿entonces por qué lo había hecho? Quería saberlo, iba a casarse con él, compartir su vida, formarían una familia y... No, su madre le había dicho que no debía consumar su matrimonio. Debía negarse a su apasionado abrazo si quería tener la anulación. Se lo había dicho hacía un momento.

La joven se sonrojó al sentir la mirada del vizconde.

—Temo que esto no sea una buena idea, sir Praxton—dijo al fin con la mirada baja. De pronto vio en un rincón a Clarise espiando y la miró furiosa. Su hermana se escondió de nuevo.

El caballero no lo notó, no dejaba de mirarla de una forma intensa.

—¿Eso piensa, señorita? ¿Y por qué no habría de serlo según usted?

—Pues porque es muy inesperado, precipitado y...

—No... se equivoca señorita, ha sido todo lo demás menos precipitado. Hace un año que espero este momento, bueno, casi un año. Y he tenido tiempo de conocerla para saber que ha sido una elección acertada. Pero déjeme advertirle algo señorita Hampton, comprendo su recelo y reserva por esta boda, oh sí, créame que lo entiendo... Sin embargo, no toleraré caprichos ni rebeldías en una esposa ni que invente cualquier excusa para pedir la anulación.

Angelet sostuvo su mirada desafiante. ¿Acaso ese hombre la consideraba una joven malcriada y sin modales?

—No soy caprichosa ni tampoco una joven que invente pleitos para tener el divorcio—protestó ella.

—Pues me complace mucho oír eso señorita Hampton. Ahora acompáñeme, he traído a mi abogado porque es menester firmar un acuerdo nupcial.

¿Un acuerdo? ¿Desde cuándo una joven necesitaba firmar un acuerdo antes del matrimonio?

Al notar su desconcierto el vizconde agregó:

—Bueno, es que ha sido la condición que ha puesto su padre para autorizar la boda señorita, no se sorprenda, fue idea de él. Por favor, acompáñeme.

¡Cuánta frialdad! No podía creer que ese hombre fuera a ser su marido, la forma en que fue leído el documento por su abogado sobre la dote y otras formalidades.

Siguió al caballero a la sala contigua donde vio con estupor a su padre y a dos caballeros de pintoresco bigote y traje a rayas. Debían ser sus abogados londinenses seguramente.

Los saludó con fría cortesía y se sentó y allí se quedó inmóvil, con las manos cruzadas en su falda y la mirada baja.

Su padre en cambio parecía impaciente y muy disgustado mientras que Praxton se veía muy calmo y controlado pero la tensión casi cortaba el aire mientras uno de los abogados leía en voz alta el acuerdo nupcial.

Nadie objetó nada, su padre no lo hizo ni ella tampoco. Sólo entendió lo referido a la dote y poco más.

Cuando el abogado terminó la lectura se hizo un embarazoso silencio dónde la jovencita podía sentir la tensión que cortaba el aire, las miradas airadas de su padre a Praxton que este ignoró pues sus ojos iban de los abogados a ella.

Hasta que habló: —Firma aquí querida—y le extendió la pluma.

Angelet miró a su padre desesperada y este asintió. Debía firmar, debía hacerlo, no había alternativa. Así que estampó su firma sin vacilar preguntándose qué le depararía el futuro, esa boda, ese hombre. No, no quería casarse, sólo quería escapar. ¿Cómo pudo su padre hacer tratos con ese sujeto y obligarla a participar de ese asunto?

Praxton asintió muy satisfecho.

—Gracias, señorita Hampton. Nos veremos el sábado... en nuestra boda. Sí, con mucho pesar, debo irme ahora.

La joven quedó perpleja, ¿acaso bromeaba? No podían casarse en cuatro días. ¿Quién querría casarlos tan pronto?

Abandonó la sala sintiendo que las piernas le pesaban. Atrapada y ahorcada, así se sentía entonces y nada de lo que dijera su padre en esos momentos podría consolarla. Tuvo que hacer un esfuerzo sobrehumano para no llorar, para no salir corriendo de la habitación y escapar, huir muy lejos.

Esa noche durante la cena reinaba un clima sombrío, en vano su madre intentó llenar los vacíos hablando de su última visita a la mansión de Justin para conversar con su madre Rosie. Nadie le prestó demasiada atención.

Angelet apenas probó bocado, su cabeza era un completo embrollo. No dejaba de pensar en ese hombre y en las cartas que le había escrito para hacerle creer que tenía un enamorado secreto. Había sido una tonta, debió imaginar que era Praxton... ese maldito flirt que tuvieron hace más de un año en Londres y que terminó de forma abrupta cuando se prometió a sir Ravenston. Sin embargo, jamás pensó que para él tuviera un significado especial pues al sentirse ignorado se había alejado y no había vuelto a saber de él hasta que supo que había retado a duelo a su hermano.

—¿Entonces vais a casaros con Praxton? —le preguntó su hermana.

Angelet la miró ceñuda sin responderle.

AL DÍA SIGUIENTE, LADY Hampton tuvo que hablar con el vicario y rogarle que casara a su hija con sir Praxton cuanto antes. ¿Sería posible prescindir de las formalidades sólo una vez?

El vicario Thomas un hombre grandote y de expresión serena se mostró muy sorprendido con la petición, pues él iba a casar a la joven con sir Ravenston. ¿O acaso había oído mal?

—Pero lady Hampton, temo que se ha equivocado, ¿dijo Elliot Praxton? ¿No era Ravenston el prometido de su hija? Él estuvo aquí hace dos semanas si mal no recuerdo y me comentó eso mismo, que deseaba adelantar la boda... Y yo le respondí que sir Ravenston necesitaba una licencia especial para que pueda casarle antes.

—No, no... No es Ravenston. Hemos descubierto algo muy grave sobre ese caballero reverendo Thomas que hace imposible la boda...

Al oír la escabrosa historia el hombre de la iglesia palideció.

—Oh, qué asunto tan terrible lady Hampton, ahora entiendo su prisa por supuesto.

—Nuestra hija nunca quiso esa boda—respondió lady Hampton. Esta vez no mentía—Y por eso... Praxton... Él la ama tanto reverendo y nos ha rogado que... Quiere casarse lo antes posible con nuestra hija, el sábado....

—¿Praxton desea casarse? —el reverendo vaciló. Nada de lo que le decía esa dama se oía creíble, pero...

—Comprendo sí... —dijo al fin—pero me temo que sin una dispensa no podré casarles, es necesario cumplir con ciertos requisitos. Amonestaciones, un permiso especial de la parroquia. No vivimos en el Medioevo lady Hampton, hoy día las bodas no se celebran con tanta prisa a menos que... su hija esté en estado.

La cara redonda de lady Hampton se puso de todos los colores.

—Por supuesto que no reverendo, mi hija es una señorita decente. Es él que tiene prisa.

—Oh, le ruego que me disculpe no he querido ofenderla lady Hampton, pero ha pasado antes que he tenido que casar a jovencitas para salvar su reputación mancillada y hasta hace poco vino una que estaba por dar a luz. En ese caso sí podría hacerse una excepción por supuesto, pero...

La dama estaba desesperada, por supuesto que esperaba una respuesta como esa, pero....

—¿Y qué puedo hacer? Una dispensa tardará días, tal vez más de una semana—se quejó.

—Bueno, si los enamorados tienen mucha prisa es mejor que se casen por supuesto... No se desanime por favor, creo que hay una posibilidad, se trata de "Gretna Green" dónde se casan todos los jóvenes rebeldes pues no necesitan autorización de sus padres. Queda en Escocia, al sur. Tal vez haya oído hablar de él.

—Sí por supuesto ¿pero las bodas que se celebran en ese lugar, son legales?

El reverendo asintió.

—¿En Escocia? Pero eso está muy lejos, reverendo Thomas.

—Es verdad, pero piense se trata de una opción válida y rápida, lady Hampton. Pueden casarse rápido, se anotan y creo que el mismo día reciben el certificado matrimonial. Lo importante es que el matrimonio en Escocia es tan legal como el nuestro.

¿Su hija casada en una tierra extraña? ¿Sin fiesta, sin flores de azahar, con prisas? A lady Hampton la idea le pareció horrorosa.

—Pero no podemos viajar todos a Escocia para esa boda—balbuceó—sería un viaje en caravana como hacen los gitanos, qué espanto.

—Bueno, pueden ir los padres y los más allegados. Los testigos, necesitarán testigos también. ¿Tiene algún familiar en Escocia?

La dama vaciló.

—Mi esposo tiene un primo en Edimburgo, pero...

—Muy bien, entonces creo que no habrá dificultades.

Lady Hampton abandonó la vicaría angustiada, ¿qué pasaría ahora? ¿Vencía el plazo que les había dado ese hombre para la boda y qué diría él de celebrar el matrimonio en Escocia?

Cuando llegó a Forest Manor lady Hampton estaba hecha un saco de nervios.

Su marido aguardaba en la sala principal bebiendo un refrigerio con mucha calma mientras conversaba con su hijo mayor.

Al ver llegar a su esposa con esa cara de tragedia pensó que las cosas no habían ido tan bien como esperaba.

—¿Gretna Green? Caramba... Querida, has tenido una idea brillante.

—¿Qué has dicho, John? —preguntó su esposa mirándole aturdida mientras se quitaba el sombrero y se dejaba caer en una poltrona del comedor.

—Sí, es verdad en realidad no creo que sea tan mala idea. El viaje será largo, incómodo, pero valdrá la pena.

—¿Estupenda dices? —lady Hampton seguía muy aturdida, no entendía el repentino júbilo de su marido.

—Me refiero a que en Escocia existe el divorcio. Es decir que luego de que pase un tiempo, Angelet podrá divorciarse... Pues buscaremos la forma de liberar a nuestra hija de las garras de ese loco.

—Oh John... pero el matrimonio es sagrado—protestó su esposa.

—Por supuesto... El matrimonio es sagrado querida, pero nuestro yerno es Belcebú y está más loco que una cabra, no es lo mismo una boda con un hombre respetable que una boda celebrada a la fuerza por un sucio chantaje.

—Sí, por supuesto, pero...

—Calma querida, todo saldrá perfectamente según lo planeado. Cumpliré mi parte, habrá una boda, pero... el matrimonio es mucho más que un acuerdo y este será celebrado sin mi aprobación. Y los resultados, bueno, creo que no serán los mejores. Ahora le escribiré a Praxton porque no deseo ir a Dartmoor. Enviaré a mi fiel criado Ed con una carta y listo. Imagino que no pondrá pues a fin de cuentas acabo de aceptar que se case con mi hija. ¿Qué más desea?

En la sala de estar el clan Hampton se asemejaba a los Borgia intrigando y tramando bodas y divorcios para Angelet. El primogénito de los Hampton era el menos convencido con el asunto.

—Pues yo creo que deberíamos evitar ese casamiento, padre no puedes permitir que ese sujeto se salga con la suya—opinó.

—Temo que ahora debo dejar que se case con tu hermana—le respondió lord Hampton con mucha calma.

—¿Sacrificarás a Angelet? ¿Y crees que luego él acepte el divorcio?

—Pues no veo cómo lo evitará. Una vez que tenga el pagaré...

—¿Y qué crees que hará ese hombre con Angelet, padre? No es un caballero y es nuestro enemigo.

—No le hará daño, sólo espero que no la deje embarazada.

—¿Y crees que podrás evitarlo?

Lady Hampton enrojeció cuando su marido le recordó la anterior conversación.

—Ese hombre no podrá consumar su matrimonio Richard, vuestra madre hablará con Angelet cuando llegue el momento apropiado.

—Pues yo sigo pensando que todo esto es una locura, deja que sea Justin, es un buen hombre... él la cuidará, siempre ha amado a mi hermana.

—Pero una boda no puede celebrarse con prisas, además...

Unas voces airadas interrumpieron la reunión familiar.

—¿Qué fue eso? —preguntó el lord inquieto.

Lady Hampton palideció al ver aparecer a sir Ravenston el antiguo pretendiente con esa carta infame que su marido le había enviado días atrás acusándole de bígamo, ladino y mentiroso y avisándole que no entregaría a su hija en matrimonio.

El caballero estaba fuera de sí y exigía una explicación.

Pero de nada le sirvió mostrarse airado ni decir que amaba a Angelet pues lord Hampton le dijo con mucha calma que su esposa aún estaba viva.

—Y temo que no puedo pasar por alto ese hecho.

El caballero enrojeció.

—Eso es una vil calumnia. Jamás pensé que fuera capaz de un acto tan ruin, sir Hampton. Me ha apuñalado inventando algo muy deshonesto y cruel. Mi esposa está muerta, mire, aquí tengo un documento que lo prueba.

Lo tenía. Una partida de defunción que debía ser falsa por supuesto y algo más: una dispensa para poder casarse en dos semanas con Angelet. Pero esto ya no tenía importancia, no podría usarla, su prometida se casaría con otro.

—Pues no le creo, usted nos ha engañado a todos sir Ravenston. Sé que su esposa vive y está en un hospicio para locos en Londres, un lugar muy triste llamado Bethlam. Allí la confinó, mi sirviente estuvo en el lugar y sobornó a los guardias. Melania Ravenston está allí y goza de muy buena salud. Así que no sé quién le otorgó ese certificado, pero es tan falso como usted sir Ravenston. Deje de burlarse de mí.

El caballero palideció, había ido con un propósito: responder a la infame carta que le había dejado el caballero Hampton, pero ahora no supo qué decir. Todos sus anhelos se esfumaban como en un sueño, la pesadilla regresaba, el infierno de estar atado a esa loca lo perseguiría por el resto de su vida. No, pues no lo permitiría.

—Este certificado es válido sir Hampton, puedo casarme con su hija, he conseguido la dispensa.

—Excepto que no aceptaré semejante trato, esa boda no sería legal, usted no puede casarse hasta que su esposa muera.

—Pero mi esposa murió y aquí tengo el certificado de defunción. Temo que alguien le ha informado mal lord Hampton, además tenemos un acuerdo, ¿lo olvida usted?

Lord Hampton miró el certificado incrédulo, debía ser falso por supuesto, sabía de buena fuente que la esposa loca estaba internada en un hospital mental.

—Lo lamento mucho sir Ravenston, pero luego de que un amigo me dijera que conocía a la familia de su esposa decidí investigar. Por supuesto que me negaba a creer la historia, pero... he tenido pruebas fidedignas de que su esposa está viva. Y no puedo permitir la boda bajo esas circunstancias. Nuestras leyes son muy claras al respecto, sólo en el caso de viudez usted podría casarse nuevamente.

—Soy viudo, nadie podrá demostrar lo contrario.

—Pero han visto a su esposa en un psiquiátrico, no está muerta como dice aquí—insistió con mucha calma el lord.

Sir Ravenston perdió la paciencia.

—Es una vil infamia, ¿cómo puede creer rumores malintencionados? ¿Quién le ha hablado a usted de ese asunto? ¿Cómo diablos sabe de la clínica? Mi esposa estuvo allí un tiempo, pero luego murió.

No pudo convencerle, Sir Hampton se mantuvo firme, pero se mostró furioso cuando sir Ravenston insinuó que él tenía secretos que ocultar, negocios que no habían llegado a buen puerto.

—Tengo pruebas que lo acusan de usar el dinero de sus amigos, sus ahorros en negocios que no prosperaron porque jamás fueron llevados a cabo. Una estafa diría yo—los ojos grises del pretendiente rechazado brillaron con malicia, pero no sonreía. Esperaba convencer a lord Hampton, conmoverle o asustarle, lo que fuera para conseguir sus propósitos.

—¿Qué pretende con esto? —lo increpó sir Hampton furibundo.

—Sólo tener lo que me prometió: la mano de su hija. Mi esposa está loca, morirá en cualquier momento, legamente está muerta, además, no le he mentido. ¿Cree que es justo que esté atado a una demente el resto de mi vida?

Sir Hampton lo dejó desahogarse nada conmovido por su historia.

—Escogió mal... ¿por qué se casó con una joven que sufría esos trastornos?

—¡Me engañaron! Fui engañado por su familia, todos me ocultaron que estaba enferma—protestó Ravenston.

—Bueno, eso no es de mi incumbencia, debió pelear este asunto en tribunales y tener la anulación.

— ¿Y cree que no lo intenté? La reina es inconmovible, siempre se ha opuesto al divorcio, jamás lo concede y si lo hace...

—Es separación de cuerpos, no divorcio, por eso no puede volver a casarse y fraguó ese certificado ¿no es así? Tal vez lo hizo antes para poder tener la dispensa. No me engaña señor Ravenston. Ya no. Y le ruego que se retire ahora de mi casa, no tengo ningún trato que hacer con usted.

Ravenston lo amenazó, dijo que hablaría y que eso no sería bueno para nadie, pero sir Hampton no se inmutó.

—Usted tiene demasiados secretos que ocultar sir Charles. Por favor, modere su genio, no puede venir aquí a amenazarme.

Angelet, que había estado escuchando parte de la conversación se alejó espantada. No podía creer que Ravenston hubiera ido a reclamar furioso, como si no tuvieran suficientes problemas ahora. Pero su padre lo había manejado de forma admirable y tuvo la sensación de que ese caballero había perdido la batalla.

Se alejó a su habitación con paso sigiloso para no ser descubierta, estaba temblando de repente su vida se había convertido en un laberinto del que deseaba escapar, pero no sabía cómo lo haría.

CUANDO JUSTIN SE ENTERÓ de lo que estaba pasando en Forest Manor se horrorizó y se enojó con todo el clan Hampton y con su amigo Richard en primer lugar. Necesitaba hablar con él esa mañana y lo invitó a recorrer la pradera a caballo.

— ¿Es que vais a dejar que vuestra hermana sea sacrificada a ese hombre? Vamos, tú conoces a esa familia, su padre era un hombre muy malvado que bebía y malgastó su fortuna en los clubes de Londres. ¿Qué futuro tendría Angelet al lado de ese sujeto?

Richard dijo que él no podía hacer nada.

—Intenté evitar esto hace meses, amigo y hasta quise retar a duelo a ese malnacido para que se alejara, pero... quiere a Angelet, hace tiempo que sigue sus pasos, pero jamás pensé que llegara tan lejos. Además, tiene en sus manos pruebas contra mi padre por un negocio que no fue lo que todos esperaban. Y no hay otra manera de evitar el escándalo porque una demanda de ese hombre nos arruinaría por completo.

—¿Y cederéis a esa horrible extorsión? No puedo creerlo.

Richard detuvo su caballo y lo miró.

—Es que no tenemos otra alternativa amigo, y juro que lo intenté, que hice todo por alejar a ese malnacido de mi hermana, pero... esperó y esperó paciente como un zorro hasta que al ser rechazado por mi padre tramó un chantaje, algo que lo obligara a ceder.

Justin guardó silencio mientras su amigo le contaba el resto de la historia.

—Está obsesionado con Angelet, hace más de un año que sigue sus pasos, la espía y dijo estar enamorado. Tal vez sea verdad, pero... ¿cuánto durará su capricho? Es lo que me pregunto. Sospecho que para alguien como Praxton el amor no tiene un significado tan romántico. Sólo es deseo, lujuria y mi padre cree que si no es correspondido se cansará y no será difícil tener el divorcio para mi hermana.

—Pues esto no debió pasar. Debí pedirle que fuera mi esposa hace tiempo, pero no me atreví, temía ser rechazado... sabes que siempre he amado a tu hermana y esperaba una señal, pero sé que Angelet siempre me ha querido como un amigo.

—Ella te aprecia Justin y te aseguro que nada me complacería más que fueras su esposo, eres un hombre bueno, íntegro, pero no puedes pedirle matrimonio ahora y no sé si tendrás esperanzas en el futuro. Praxton es un hombre malvado, siniestro y este asunto no me agrada, pero si hago algo esta vez toda mi familia se vería inmersa en el lodo. No puedo intervenir Justin y te ruego que no lo hagas, aléjate de mi hermana, aunque eso te pese, nadie puede ayudarla ahora. Ni tú.

Justin no podía creer lo que estaba escuchando, ¿qué había hecho lord Hampton para estar en manos de ese villano de Dartmoor? ¿Y cómo podían entregar a Angelet a ese hombre en matrimonio? Tembló de imaginar lo que ese malvado haría sufrir a la joven que amaba, Angelet era delicada y tan inocente, era un ángel no merecía ser sacrificada para pagar un error que había cometido su padre en el pasado.

—¿Y tú me pides que no intervenga que no haga nada para evitar que Angelet sea entregada a ese malvado?

—No puedes hacer nada ni quiero que lo hagas. Hace tiempo que ese hombre chantajea a mi padre, pero creímos que no tenía pruebas y tal vez no las tenía, pero movió cielo y tierra para encontrar esos documentos. Mi padre trabajó en un proyecto para trazar nuevas vías de tren y también ha invertido en negocios en el extranjero y fue estafado como el tío de Praxton, afortunadamente pudo recuperar una parte del dinero que perdió, pero al ser socio del pariente de ese hombre...

Justin no creyó que esa historia fuera del todo cierta pues Hampton se había enriquecido los últimos años a raíz de negocios en el extranjero y las malas lenguas decían que había estafado a varios de sus socios. Ignoraba cómo lo había hecho, pero sabía que un primo lejano se había suicidado al invertir un legado en un negocio que había resultado ser un fraude. Imaginaba que lo mismo le habría ocurrido al tío de Praxton. No era un santo y detrás de esa imagen de respetabilidad y orgullo se escondían secretos. Secretos que algunos lugareños del condado conocían.

Emprendieron el camino de regreso en silencio hasta que de pronto Richard le rogó a su amigo que no interviniera en ese asunto.

—No puedes evitar la boda ahora, nadie puede hacerlo.

Justin no dijo nada, estaba muy disgustado y pensó que no era justo que Angelet tuviera que pagar por un error cometido por su padre y que ese hombre se valiera de un chantaje para tener la mano de la jovencita.

Y al verla caminar en la pradera en compañía de su hermana menor tembló de pena y rabia. Tan hermosa, tan delicada... no podía permitir que ese demonio se la llevara a Dartmoor para saciar su horrible lujuria. Porque no había ningún sentimiento noble en un hombre que actuaba con tanta maldad.

Entonces su amigo habló haciendo llamando su atención.

—Prométeme que no harás nada para impedir la boda Justin, eres mi amigo, no puedes intervenir. Quiero que lo prometas.

Richard se veía ansioso, desesperado, tal vez temía que su amigo hiciera una locura y se fugara con su hermana. Justin sostuvo su mirada con expresión desafiante.

—¿Cómo puedes forzarme a semejante promesa, amigo? ¿Y cómo puedes dejar que tu hermana se case forzada con ese hombre? ¿Qué crees que hará cuando la tenga a su merced? ¿Y me pides que no haga nada?

Su amigo enrojeció profundamente avergonzado.

—Sólo será un tiempo, la boda será anulada mi padre lo ha prometido. Se casarán en Escocia y eso es una ventaja pues en ese país existe el divorcio.

Los ojos de Justin echaban chispas, no podía creer que su amigo fuera tan insensible, que le importara tan poco la suerte de su hermana.

—¿Y crees que para ella será un viaje a Escocia? ¿Y ahora me obligas a hacer una promesa que no deseo hacer? Diablos amigo, me siento muy desilusionado de ti, que permitas esa maldad. Es tu hermana, ¿acaso su suerte te resulta tan indiferente?

Richard sabía que su amigo tenía razón, pero ¿qué podía hacer él? Había luchado durante meses para alejar a Praxton de Angelet, arriesgó su vida retándolo a duelo, pero un secreto salió a la luz entonces: su padre era culpable de haber estafado a un grupo de caballeros de Devon en un proyecto para la creación de una nueva red ferroviaria que conectara Londres con todo el país. En vano Lord Hampton se defendió diciendo que fue su socio el responsable de la estafa su nombre estaba implicado, pero a falta de pruebas no fue llevado a prisión. Luego estaba ese turbio negocio de prestar dinero que realizaba él y ese socio de forma secreta a través de apoderados.

Recordó la expresión furiosa de su padre cuando tuvo que defenderse de Praxton mientras le decía: "estábamos al borde de la ruina hija, íbamos a perderlo todo y tuve que invertir lo que quedaba en algunos negocios y fue gracias a eso que logramos salir adelante".

Pero ¿cómo explicarle eso a su viejo amigo? En realidad, a él solo le importaba Angelet y lo acusaba de no amarla, de permitir una boda forzada con ese sujeto a cambio de una deuda.

—Ese matrimonio no debe celebrarse... la voluntad de los contrayentes, tú lo sabes estudiabas leyes conmigo en Oxford, lo recordarás bien.

—Sí, pero si hago algo para evitar esa boda mi padre jamás me lo perdonaría y podríamos perderlo todo. Todo Justin. ¿Es que no entiendes? Escucha...—suspiró cansado, harto de todo ese asunto—lamento que Angelet tenga que casarse con ese hombre, me complacería que fueras tú, pero no debes intervenir, te ruego que dejes este asunto en paz.

Justin no dijo nada, pero nada más lejos de sus sentimientos dejar ese asunto en paz. No se rendiría. Si a la familia Hampton no le importaba la suerte de Angelet, pues a él sí lo afectaba. Buscaría la forma de convencerla de que fuera su esposa. No permitiría que ese descarado libertino se saliera con la suya, su proceder era deplorable. ¿Qué hombre hacía eso para cobrar una vieja deuda? Un loco.

Dejó su caballo en el establo y entró en la mansión, sus días en Forest estaban contados, pero antes... antes de irse buscaría la manera de hablar con Angelet.

ENTERADO DEL PERCANCE en la vicaría, sir Praxton envió una carta breve diciendo que no tenía inconveniente en viajar a Escocia pero que esa boda no era lo que su familia esperaría de él. La aceptaba porque no quería esperar una dispensa ni perder el tiempo viajando a Londres. Pero que ese matrimonio sería legalizado en Inglaterra y hablaría con sus abogados para ello.

Cuando Lord Hampton leyó ese mensaje a media mañana en su biblioteca, palideció.

Su esposa aguardaba a su lado, temblando como una hoja, ansiosa de conocer el contenido de esa misiva.

—Y hay más querida... lee esto último porque yo me siento incapaz de decirlo en voz alta.

Lady Hampton tomó la carta y leyó con voz clara: "Con este cambio de planes iré a buscar a su hija el jueves y la llevaré a Escocia. Espero que habléis con ella sobre sus deberes pues no toleraré una esposa asustadiza ni gazmoña. Que vuestra esposa la prepare para cumplir sus obligaciones y..."

Lady Hampton enrojeció hasta las orejas porque su obligación era decirle a su hija que no consumara su matrimonio, que fingiera tener la regla, que buscara cualquier excusa para que ese hombre no pudiera tocarla. Y si tenía la desgracia de que pasara, si ese desgraciado metía su horroroso miembro en su cuerpo la salida era introducir una esponja con vinagre. Un método anticonceptivo secreto que sólo usaban algunas mujeres de mala vida, lo sabía, pero demonios debía evitar que en el peor de los casos su hija quedara preñada.

—Imagino que habrás hablado con nuestra hija, Sophie—dijo entonces lord Hampton mirando a su esposa con fijeza.

Ella lo negó con un gesto.

—Todavía no, pensé que habría tiempo—respondió mientras doblaba esa horrible carta.

—Pero John... es que lo que me pides es demasiado, debo hablar con Angelet temas tan horribles y vergonzosos... me niego a hacerlo, es... ¡Vergonzoso! Además, este caballero acaba de lanzar una velada amenaza ¿es que no lo ves? Dice que debo instruir a mi hija sobre sus futuras obligaciones de esposa y que espera que lo haga porque no desea una esposa asustada o gazmoña.

Su marido sonrió.

—Me encantaría que ese matrimonio naufragara querida, porque aceptamos su infame trato: la boda a cambio del pagaré y nada más, no podemos garantizar el éxito de esta locura. Ahora ve y habla con

Angelet, eres su madre. Encuentra una manera delicada de explicarle que no debe permitir que ese salvaje la toque. Que invente algo. Que pida un tiempo para estar segura... y si ese desgraciado se sale con la suya, pues que no vaya a quedarse preñada porque ese sería un error imperdonable.

—Oh, por favor... ¿y tú crees que ese demonio se detendrá y soportará la indiferencia de nuestra hija sin hacer nada? Será su esposa y tú sabes que no puede negarse a sus brazos—lady Hampton enrojeció incómoda y airada.

—Ese matrimonio no debe funcionar, Angelet debe tener lealtad a nosotros y que no lo olvide. Fue forzada a esta boda y todos nosotros también hemos sido obligados a aceptarla. No será un verdadero matrimonio y espero poder liberarla a tiempo, pero para eso necesitamos su ayuda. Su cooperación. Es un nuevo plan en el que he estado pensando y creo que si Angelet colabora en menos de seis meses tendrá la anulación, pues en cuanto tenga el documento maldito de Praxton en mis manos... debe dármelo luego de la boda por eso habla con la señora Stuart que vaya preparando el equipaje. Viajaremos a Escocia para la boda de nuestra hija.

Lady Hampton pensó que ella llevaría la peor parte: la de tener que contarle a su hija los vergonzosos secretos de la anticoncepción y lo que ocurriría la noche de bodas que no era poco decir...

Todo debía hacerlo sola. Temas tan poco delicados de los cuales una verdadera dama jamás hablaba y por si fuera poco también debía aconsejarle que no permitiera que su marido la tocara.

¿Cómo rayo iba a decirle eso? No tendría coraje ni tampoco creía que fuera una buena idea, pero...

Lady Hampton apuró el paso y tocó la puerta. Al no tener respuesta la dama giró el picaporte y se encontró una habitación silenciosa y vacía. ¡Demonios!

Su hija mayor brillaba por su ausencia, la habitación estaba completamente vacía. ¡Qué extraño!

Exasperada fue a buscarla interrogando a la doncella Maude que recorría la sala principal.

La jovencita la miró espantada.

—Es que la señorita Hampton estaba en su habitación recién. ¿Habrá salido a dar un paseo como lo hace todas las mañanas, lady Hampton? —dijo.

—Tal vez... por favor ve a buscarla, necesito hablar con ella ahora.

—Iré lady Hampton—la mucama hizo una reverencia y se alejó con paso rápido.

Lejos de la mansión, Angelet caminaba por la pradera como todas las mañanas para despejarse y sentirse más tranquila. Le encantaba caminar y además ese día una horrible angustia parecía seguirla como una sombra. De solo pensar que se iría a esa oscura mansión de Stonehill a vivir el resto de su vida, la deprimía terriblemente. Sus padres no podían haber tramado algo tan tétrico para ella ni esperar que luego consiguiera el divorcio.

Sus ojos claros se perdieron a la distancia.

Casi habría deseado casarse con Ravenston, aunque tuviera una esposa loca encerrada en un centro psiquiátrico, cualquier otro hombre que la salvara de Praxton, pensó y ese pensamiento la llevó a Justin. Sabía que siempre la había amado y era un buen hombre y allí estaba acercándose con su caballo.

—Angelet... necesito hablar contigo—dijo él. Parecía preocupado, inquieto. Disgustado.

Imaginó que estaría muy al tanto de lo que estaba pasando y no se equivocaba.

—No pueden hacer algo tan horrible Angelet, no puedo entender cómo...

Ella tampoco lo entendía y desesperada dijo que quería huir muy lejos o morirse antes de aceptar casarse con un hombre al que temía y aborrecía por completo.

Sus palabras lo asustaron.

—Angelet... por favor no hables así—dijo tomando su mano.

—Es que tú no sabes, no imaginas... ese hombre retó a duelo a mi hermano hace tiempo y luego... odia a nuestra familia porque cree que mi padre estafó a un tío suyo. Pero eso no es verdad.

Justin besó sus manos y la miró.

—No es justo Angelet, no es justo que tu familia acepte esa boda como pago de una deuda, que vuestro padre...—calló para no decir lo que pensaba. Luchaba por no dejarse llevar por sus sentimientos, por dominarse.

—Pero es que debo casarme con Praxton, si no lo hago mi familia quedará en la ruina. Quisiera escapar, desearía hacerlo Justin. Desearía tener coraje para escapar y solo pienso que este matrimonio será un error, un tormento para mí. Me dejará encerrada y tal vez hasta planee su venganza humillándome, maltratándome. Y cuando pienso en lo que me espera siento deseos de morirme porque nunca he podido soportar el dolor ni tampoco las burlas y sé que ese caballero planea algo muy perverso para vengarse de mi familia.

Los ojos de Justin echaban chispas.

—Pues yo no lo permitiré, no dejaré que te obliguen a aceptar a ese hombre. Déjame salvarte de esto, por favor. No haré nada si no lo deseas, pero yo podría ayudarte a escapar, te llevaré conmigo muy lejos dónde ese malnacido no pueda encontrarte. Huye conmigo, Angelet... no puedo permitir esto, no puedo dejar que tu familia te obligue a ese matrimonio. Por favor...

—Oh Justin, pero tú...

Sabía que se lo pediría y sabía que él la amaba como nunca antes la habían amado sin esperar nada, sin exigir nada a cambio. Le ofrecía su ayuda y tenía un plan para escapar de Praxton y esa oscura venganza.

Ella estaba tan desesperada que aceptó y de pronto lloró aliviada al pensar que Justin la salvaría de esa boda.

—Nadie debe saber nada de esto, disimula que no nos vean conversar... vuestros padres no deben sospechar.

El plan era osado, peligroso, debían escapar a la mañana siguiente antes de que los criados despertaran y luego reunirse en su mansión para continuar el viaje hasta Londres. Pero no irían a la India sino a Francia donde la familia de Justin tenía propiedades en el sur.

Mientras conversaban vieron aparecer a lady Hampton y guardaron silencio.

—Será mejor que no nos vean Justin, por favor...—dijo Angelet.

Justin obedeció y se alejó mientras la joven enfrentaba a su madre.

—Angelet, ¿qué tienes? ¿Has estado llorando? —preguntó y al ver que Justin se alejaba tras dirigirle un frío saludo quiso saber de qué hablaban.

—Nada importante, mamá—fue la respuesta de la joven.

Los ojos de lady Hampton se movieron de un sitio a otro inquietos mientras buscaba las palabras adecuadas para comenzar esa difícil conversación.

—Angelet, tenemos que hablar ven... Es necesario estar solas y que nadie escuche esto—dijo al fin.

La jovencita obedeció y fueron hasta unos bancos del parque para sentarse y contemplar ese paisaje campestre que siempre le daba tanta paz excepto ese día que su cabeza era un auténtico embrollo.

—Angelet, vas a casarte con Praxton y en unos días viajarás a Escocia, es inevitable. Estaba boda debe celebrarse, pero... tu padre dice que si cumples con lo planeado tendrás la anulación en poco tiempo. Que lamenta mucho esto, pero... La boda no puede evitarse, pero sí puede anularse si haces todo lo que te digo.

Los ojos de Angelet se abrieron al oír el nuevo plan de su padre. Al parecer su matrimonio no debía ser consumado, ella no debía dejar que él la tocara. Debía negarse a su apasionado abrazo, eso dijo su madre.

Y si por insistencia él lograba su objetivo, lo que debía hacer era introducir en su cuerpo una esponja mojada en vinagre. ¡Dios santísimo! Si el olor del vinagre le provocaba náuseas y sabía que era una sustancia fuerte... ¿En qué pensaba su madre? ¿Cómo se atrevía a sugerir algo tan horrible?

Además, ella no era tan pacata, sabía lo que debía saber gracias a su avispada hermana menor que siempre se enteraba de todo mucho antes y que le contó lo que ocurría en la luna de miel mucho antes de convertirse en la debutante más solicitada de la temporada.

Tampoco fue algo que la espantara, porque criada en el campo había visto a los perros y a otros animales copular a la intemperie. Los bebés humanos se hacían de otra forma y lo único que debía hacer una jovencita sensata era guardarse hasta el matrimonio para que su marido la amara y respetara y no la devolviera por impura. "Nada de besos, caricias ni palabras románticas porque esos seductores buscarán cualquier excusa para tentarte, para tener lo que desean y luego abandonarte" le había dicho su madre antes de enviarla a Londres a buscar un marido.

Y ahora le decía que si evitaba que su marido la tocara había esperanzas de tener el divorcio, que sus padres no la dejarían en Dartmoor prisionera de ese demente.

Angelet no podía creerlo.

—Entonces ¿por qué debo casarme con Praxton? ¿Por qué me obligan a aceptarle sabiendo cuánto temo y detesto a ese hombre? —preguntó exasperada.

No tenía sentido. Que su madre le dijera que evitara a su marido si quería tener el divorcio.

—Es que tú no entiendes, Angelet—dijo ella—esta boda no es lo que soñábamos para ti, no lo es. La aceptamos porque no podemos hacer lo contrario, pero luego que tu padre tenga ese documento en su poder él te ayudará a salir de esto, lo promete. Si sigues nuestros consejos...

La jovencita pensó que era demasiado. Estaba furiosa y luchaba por dominarse no podía creer que su madre le dijera esas cosas ni que su padre le exigiera primero que se casara con Praxton y que luego se negara a la consumación. ¿Acaso quería que ese caballero la dejara encerrada o le diera una paliza? ¿Qué haría con ella luego de que aceptara casarse con él? Estaría a su merced. No quería ni pensarlo.

Y mientras regresaba a la casa en compañía de su madre pensó en la proposición de Justin. Dijo que la ayudaría, huirían a Francia y tal vez allí podrían casarse y comenzar una nueva vida, lejos de las intrigas de su familia. Parecía un sueño, pero... No estaba segura de querer aceptar. Viajar a otro país con su antiguo enamorado la espantaba, esa era la verdad. Le parecía muy descabellado. Un país extraño, un idioma distinto y...

¿Y acaso era mejor que casarse con Praxton y mudarse a su siniestra morada de Dartmoor?

La joven miró a su alrededor aturdida, su madre le decía con voz decidida que fuera a lavarse las manos para el almuerzo porque tenían visitas.

El resto del día se sintió igualmente así ausente, angustiada y se movió de un sitio a otro como una muñeca sin vida sintiéndose profundamente desgraciada por su futuro pues de pronto comprendió que no podía escapar con Justin para evitar esa boda y menos aún: casarse con ese hombre porque sus padres así lo habían decidido.

Entonces recordó las palabras de su madre "por favor Angelet, debes casarte con Praxton para salvarnos de la ruina, debes hacerlo".

—Vamos Angelet, anímate... tendrás un marido muy guapo. Me encantaría estar en tu lugar—le dijo entonces su hermana durante el almuerzo guiñándole un ojo.

Estaba loca, no sabía lo que decía. Su desesperación por encontrar marido estaba afectando su sano juicio. Al parecer su último viaje a Londres no había dado resultados.

—Sí, y ojalá yo pudiera ponerte en mi lugar, Clarise—le respondió—así me librarías de ese hombre.

—Pues él no aceptaría, sólo tiene ojos para ti, como los demás.

Su madre miró a ambas para que dejaran de murmurar. Ella miró su plato y se sintió incapaz de probar bocado. ¿Qué debía hacer?

No quería ni la boda ni la fuga con Justin, sólo quería alejarse y desaparecer. Sólo eso...

"ANGELET, DESPIERTA, Angelet..."

La joven abrió los ojos sobresaltada sin saber dónde estaba o qué día era. Los recuerdos confusos del día anterior se agolparon en su mente uno tras otro y un nudo de angustia la sobresaltó.

Con gran esfuerzo se incorporó y vio a su hermana menor y a dos criadas listas para ayudarla con el aseo.

—Levántate boba, el diablo ha venido por ti. Creo que no ha dormido montando guardia en Forest Manor luego de enterarse de tu travesura.

Angelet pensó que su hermana era una bruja, ¿cómo diablos supo que había intentado fugarse con Justin el día anterior a media tarde? En realidad, no le importaba tanto que lo supiera, sino que alguien más se enterara...

—¡Cállate tonta! —se quejó molesta mientras saltaba de la cama con rapidez.

—Vamos, Praxton te espera para llevarte a Escocia creo que alguien le habló de Justin. Menos mal que tu hermano te vio alejarte ayer... ¿Acaso no piensas más que en ti? Todos nos arruinaremos por tu culpa Angelet, debes hacer lo que te han pedido nuestros padres y ser una buena esposa, ese hombre es el diablo sí, pero creo que te ama. Al menos te ha escrito cartas muy bonitas...

Angelet obedeció, se bañó y usó su vestido color beige y luego como una muñeca la sentaron para que desayunara.

—Señorita Hampton su madre me ha pedido que se alimente bien porque hará un largo viaje y puede marearse en el camino.

Ella miró la bandeja con huevos, pan y un generoso trozo de queso sintiendo que no podría probar bocado sin embargo no lloró porque eso había hecho el día anterior cuando su inseguridad y tontería habían arruinado todas las posibilidades de escapar a su destino. Ahora tendría que casarse con Praxton, no tenía otra alternativa.

Mientras se esforzaba por masticar un trozo de queso y bebía leche fresca pensaba en los anteriores sucesos, Justin le había rogado que huyera con él, se había desesperado, dijo que no podía soportar que su familia la condenara a esa boda. Y casi la convenció de escapar, pero tuvo miedo. Fue el miedo lo que frenó sus pasos no el temor a Praxton. Luego llegó Richard y los vio conversar y sospechó que algo pasaba.

Riñeron y Justin se marchó de Forest junto con la única posibilidad de escapar que había tenido. ¡Fue tan débil! ¿Por qué no escapó?

Cuando las doncellas se marcharon diciendo que la dejarían desayunar Clarise se acercó inquieta.

—¿Por qué no huiste con Justin? ¿Qué te detuvo? —quiso saber y en un descuido le robó un trozo de queso, pero a su hermana no le importó le habría dado el desayuno entero.

Angelet no respondió, estaba harta de que Clarise siempre se entrometiera en sus asuntos.

—Bueno, fue mejor así de haberse enterado tu prometido que te habías fugado con otro... no olvides que ese hombre nunca ha sido herido en un duelo —insistió su hermanita.

Sí, lo sabía diablos.

—Cállate, deja de asustarme —se quejó Angelet molesta, bastante nervio tenía para que Clarise la fastidiara.

—Está bien, perdóname... estoy furiosa porque no van a llevarme a Escocia, no estaré presente el día de tu boda Angelet, no es justo... soy tu hermana —se quejó.

A Angelet en cambio esa noticia le pareció estupenda no tendría a su hermana menor diciéndole tonterías todo el tiempo, qué alivio.

Una doncella entró entonces para secar y peinar su cabello todavía húmedo.

Angelet con expresión estoica se sentó frente al espejo sabiendo que tendría para un buen rato. No tenía prisa en realidad, cualquier excusa era buena para demorarse, hasta que apareció su madre impaciente y nerviosa reclamándole tanta pérdida de tiempo.

—Pero mi doncella está peinándome, mamá—protestó la joven.

—Pues date prisa Maud por favor, el prometido de mi hija está impaciente, debemos tomar un tren a Escocia, ¿acaso lo olvidas?

La doncella miró a lady Hampton con cara de espanto y terminó su peinado con movimientos lentos para enrular un poco el cabello y sujetarlo con cintas.

—Pues deberías hacerle un moño, es más rápido y práctico para un viaje tan largo—la reprendió la dama acercándose al espejo.

—Es que a la señorita no le agrada el moño, lady Hampton—respondió Maude.

—¿Así? Pues ya lo lamentarás Angelet, cuando llegues a Escocia tu cabello será un caos.

Angelet no la escuchó, sus ojos se llenaron de lágrimas pues ¿qué le importaba su cabello en esos momentos? Su vida sería un infierno junto a ese hombre.

—¿Qué haces? Angelet, no llores ahora o Praxton lo notará, no le demuestres miedo o estarás perdida. No le des ese placer—lady Hampton reprendió a su hija y esta obedeció porque sabía que su madre tenía razón. No debía mostrar debilidad.

Qué sencillo era decirlo, qué fácil era para su madre darle consejos cuando luego estaría sola a merced del enemigo de su familia.

Cuando llegó al comedor Angelet saludó a Praxton y notó su mirada inquisitiva.

—Vaya, os habéis hecho esperar preciosa, llevo más de media hora aquí plantado. Deseo que eso cambie luego de la boda, la espera me pone de muy mal humor—dijo.

Angelet sostuvo su mirada sin responderle, ¿qué podía decirle? Tuvo la sensación de que ese matrimonio sería el más corto que hubiera celebrado un miembro de su familia. Su madre le susurró al oído que recordara su promesa mientras subían al carruaje. ¿De qué hablaba?

Enrojeció al recordar. Debía evitar la consumación del matrimonio para que luego su padre pudiera pedir la anulación.

—Siéntate a mi lado, Angelet—dijo Praxton al notar que vacilaba.

Miró a sus padres y luego de que su padre asintiera dando su aprobación se alejó y se sentó al lado de su futuro esposo y este que había notado su vacilación sonrió sin decir nada.

De pronto observó que Praxton no había ido solo, sino que un grupo de hombres lo acompañaban y a juzgar por sus modales rudos debían ser criados, uno de ellos estaba en el carruaje y los demás acompañaron al cochero mientras que otros subieron a sus caballos.

Como una procesión, como si temiera que lord Hampton no cumpliera su parte del trato. Angelet observó que su padre parecía disgustado y su madre muy nerviosa, tensa. No había podido llevarse a su doncella Maude ni a su nana, ningún criado de Forest Manor sería aceptado así lo había dicho Praxton.

La futura novia sintió deseos de llorar cuando vio la mansión de Forest alejarse hasta desaparecer como si nunca hubiera existido. Su hogar, el lugar dónde siempre había vivido feliz y se había sentido segura, a salvo parecía abandonarla. Una lágrima rodó por su mejilla y luego otra, y otra, no pudo detenerlas se sentía tan triste y desesperada. ¿Por qué era castigada de esa forma? Siempre había sido una buena hija y había hecho el bien y sin embargo allí estaba: lista para ser entregada a cambio de una deuda por sus padres.

Sus ojos permanecieron fijos en la ventanilla del carruaje, pero veía sin ver, el camino ondulante atravesó la campiña de Devon hasta que el traqueteo constante le dio sueño y se durmió poco después en brazos de Praxton.

EL VIAJE A ESCOCIA fue una perfecta odisea. No podía creer que los enamorados rebeldes escogieran ese lugar para casarse en secreto sin que sus padres supieran. Era un páramo desolado que debieron recorrer soportando las inclemencias del frío y la soledad que mantuvo muy tenso a Praxton y propició una pelea fuerte con su padre.

—¡Fue su culpa, lord Hampton! Todo esto lo es. De haber aceptado el trato podríamos tener una boda inglesa y no esta boda escocesa. Sospecho que lo ha hecho adrede.

—¿Adrede? Hombre, es que se ha vuelto loco, ¿de qué me acusa ahora?

—No lo acuso, sé que hizo esto por una razón. Una razón que ambos conocemos, pero no lo diré ahora.

—¿Es que no se atreve?

—¿Que no me atrevo?

Un sirviente de lord Hampton intervino para calmar las aguas.

—Ahora deberemos esperar hasta la mañana, por su culpa lord Hampton.

Tenía razón, pero esa riña no resolvería nada.

La jovencita miró a su alrededor deprimida pues estaban en un lugar desolado sin saber dónde pasarían la noche, ¿acaso a la intemperie?

Su mirada se encontró con la de Praxton. Ese hombre era realmente antipático, no había hecho más que reñir todo el viaje con su padre y ahora parecía querer reñir con ella también.

—Regresa al carruaje, preciosa, ve con tu madre ahora. No es un lugar seguro para las mujeres.

Ella lo enfrentó molesta.

—¿Y por qué tengo que esconderme? ¿De qué debería esconderme, señor Praxton?

Él sostuvo su mirada.

—Obedezca señorita Hampton, es por su propio bien. Regrese al carruaje ahora.

Angelet no se movió hasta que su padre intervino.

—Obedece hija, no es prudente que te vean aquí, puede haber bandidos en estos parajes—dijo.

Entonces obedeció y entró en la diligencia que habían alquilado.

Su madre estaba temblando nerviosa y de pronto la oyó decir:

—No me agrada nada este lugar, no hay un alma. Es tan desolado.

Praxton llegó poco después y se sentó a su lado de mal talante, lord Hampton lo siguió.

Irían en busca de un refugio, un hostal dijo su padre pues los caminos no eran seguros, alguien había dicho en la estación que había un grupo de malhechores asolando la región circundante.

—Oh John, ¿de veras? —dijo su madre espantada.

Ella no dijo nada, estaba cansada y malhumorada, nerviosa por toda la situación y se preguntó si no podría fugarse en algún descuido y luego... ¿Luego qué haría? Estaba atrapada, si intentaba algo caería en manos de esos bandidos y sabía bien lo que hacían a las jovencitas solas no era tan tonta y luego se quedaría deshonrada y sin marido.

El viaje siguió sin contratiempos hasta que la diligencia se detuvo en una posada que parecía una casa abandonada. Allí fueron con las maletas tiritando pues el clima se había vuelto hostil, nubarrones y un viento huracanado que no vaticinaba nada bueno.

—Aquí estaremos a salvo, ven hija—le dijo su padre.

Pero Praxton intervino.

—Angelet se quedará conmigo Lord Hampton, es mi prometida y pronto será mi esposa, ¿lo olvida?

Lord John Hampton se opuso, pero no pudo hacer nada pues su hija decidió alejarse con Praxton para evitar una nueva riña.

Cuando entraron en la habitación y notó que había una sola cama grande para los dos miró a su prometido contrariada pues no había otra cama, ni más mobiliario que una mesa dos sillas y una alfombra raída que parecía hecha añicos. En un rincón había algo parecido a un lavabo, pero... ¡Oh, qué habitación tan pobre y horrenda!

Y como si él leyera sus pensamientos dijo sin dejar de sonreír: —Lo siento preciosa, pero no hay otro hotel a la redonda y temo que deberemos compartir la cama.

Al ver su expresión de espanto él cerró la puerta con llave y sonrió. Momentos después llegó una bandeja con la cena y él miró a su prometida invitándola a acercarse.

—Vamos, no voy a comerte. ¿Acaso me tienes miedo, preciosa?

Angelet pensó que odiaba que la llamara así.

—Señor Praxton, ¿acaso ha olvidado mi nombre? —dijo molesta.

—Por supuesto que no, Angelet. Una rosa roja que aún es un capullo—le respondió él mirándola de forma extraña, como si quisiera besarla y no se atreviera.

—Acércate preciosa, la cena está lista.

La joven obedeció, pero no comió demasiado, se sentía rara, incómoda y de haber podido habría escapado, pero ya era tarde y lo sabía.

—Señor Hampton, ¿por qué quiere casarse con una joven que apenas conoce? —le preguntó ella.

—Es una larga historia, señorita Hampton. Larga pero no tan original como se imagina—respondió el vizconde mientras se llevaba a los labios una copa de vino.

—¿Se refiere a la deuda que mi padre tenía con su tío?

Su expresión cambió.

—No, no me refería a esa deuda, por cierto, la deuda nada tiene que ver con la decisión de casarme con usted, señorita Praxton.

—¿De veras? —la joven estaba sorprendida— Y sin embargo luego de la boda entregará usted ese documento a mi padre.

Él no desmintió eso y la joven rompió ese incómodo silencio diciendo: —Creo que comete un grave error, señor Praxton.

—Por favor llámeme Elliot, pronto seremos marido y mujer y formaremos una familia.

—Esto no es justo, yo no quiero ser su esposa, usted ha sido tan cruel... enviándome esas cartas, burlándose de mí, haciéndome creer que tenía un admirador secreto que me escribía poesía.

Sus ojos oscuros mostraron sorpresa.

—Es que no entiendo por qué se ofende usted tanto por eso, Angelet. No soy un hombre cruel y no me odie por esto, la culpa fue de su padre y de su hermano por arruinar nuestra amistad y también... su padre provocó la ruina y el suicidio de mi tío, ¿no cree que debe pagar por ello?

Angelet se sonrojó, no sabía qué pensar. No podía creer que su padre fuera capaz de una acción como esa.

—Pero quiero que sepa que no es mi intención enviarlo a la cárcel, comprendo que fue un mal negocio y que en todo negocio hay riesgos.

—Está mintiendo, usted odia a toda mi familia y también a mí y luego de la boda... quiero decirle que no soportaré sus maldades sir Praxton. Usted está lleno de odio hacia mi familia y eso...

—¿Maldades? Dios mío, ¿qué le ha contado su padre sobre mí? No soy un villano, señorita Hampton. Sólo soy un hombre enamorado. Es cierto que tengo mala reputación y que en realidad el matrimonio nunca fue una prioridad para mí, pero no seré un esposo cruel ni tampoco le haré las maldades que dice. Luego de la boda seré su marido y usted será mi esposa, mi compañera, mi familia. Y quiero que sepa que estoy preparado, sé que su padre trama algo en mi contra, le conozco bien, pero si usted le ayuda...

—Mi padre no trama nada, al contrario, aceptó entregarme a usted como pago de su deuda—su voz se quebró, estaba más furiosa que triste.

—Preciosa, sé por qué lord Hampton aceptó mi chantaje y puedo imaginar lo que planea hacer luego, por eso... pero no hablemos de negocios. La escogí por otras razones y lo hice mucho antes de saber quién era su padre, señorita Hampton. Lo recuerda, ¿no es así?

Ella se estremeció al sentir la intensidad de su mirada.

—¿Si recuerdo qué, sir Praxton?

El vizconde hizo una pausa antes de responderle.

—Nuestro idilio en Londres, o si quiere llamarle "nuestro alegre y triste flirt".

¿Alegre y triste flirt?

Sí que lo recordaba, el rubor de sus mejillas la delataban.

—¿Y por qué hizo todo esto sir Praxton? Iba a batirse a duelo con mi hermano luego sometió a mi padre a chantaje y después...

—Oh no se preocupe por eso, lo sabrá todo a su tiempo, preciosa. Perdón, Angelet. Ahora descanse, mañana nos espera un día largo.

De nuevo el misterio, el silencio, volvía a poner esa barrera haciéndola sentir una extraña para él, alguien en quién no debía confiar y pronto sería su esposa.

Observó la cama con aprensión, tuvo la sensación de que ese lecho no se encontraba en buenas condiciones de higiene, pero al menos el colchón de plumas se sentía firme. Lo tocó despacio y luego miró a su futuro marido que se había alejado dándole la espalda tal vez con la peregrina ilusión de que se desnudara y se metiera sin más en esa horrible cama. ¿Desnudarse ahora? Jamás. Pero no podía dormirse con ese vestido.

—Necesito una doncella que me ayude a...—comenzó.

Él se volvió y sonrió.

—No hay doncellas aquí, preciosa, sólo yo—le respondió—puedo ayudar con el vestido si desea.

La joven enrojeció como un tomate, pues claro que no permitiría que ese hombre la desnudara.

—¿Puede llamar a una criada entonces, por favor? —le pidió.

—Esta posada no tiene criadas señorita Hampton, pero yo la ayudaré con esto, sé cómo desvestir damas, lo he hecho durante mucho tiempo y casi conozco los secretos de todos los vestidos femeninos—declaró él y sin esperar a ser invitado desabrochó los minúsculos botones que sujetaban el corsé, más botones escondidos,

dos cremalleras y antes de que pudiera protestar le había quitado el vestido y este caía al suelo con mucha gracia hasta convertirse en un armazón cubierto de faldas color crema.

Afortunadamente para ella tenía otro vestido ligero que la cubría, pero era una prenda íntima que marcaba en exceso las curvas de sus caderas y también sus pechos redondos y altos sujetos y envueltos en un sostén. Con el vestido parecía delgada, pero en realidad no lo era y por ello no le gustaba demasiado verse en el espejo ni tampoco que él la viera antes de la boda, no era decente. Sus ojos reflejaban su confusión y terror de que la tomara esa noche y luego la abandonara para completar la venganza, la miraba de una forma como si disfrutara su turbación y también como si le gustara ver lo que reflejaba ese vestido liso pegado a su cuerpo.

Pues no la tendría hasta que le pusiera un anillo en el dedo.

Y como si adivinara sus pensamientos Praxton sonrió y tomó su mano sujetándola antes de que pudiera escapar.

—¡No! —protestó, pero su voz quedó ahogada con un beso apasionado y robado.

En un instante todo su cuerpo se vio envuelto en un arrebato de pasión, sus besos, sus manos atraparon su cintura sin piedad y mientras luchaba cayó sobre la cama mirándole muda del susto. Estaba sobre ella y nunca, nunca había estado en una situación tan íntima con un hombre. Temblaba como una hoja mientras sentía sus besos en su cuello.

—No grites preciosa, no... No voy a hacerte daño, lo prometo. Eres tan hermosa, tan dulce... sois una tentación—le dijo.

Pero no parecía dispuesto a dejarla en paz, el peso de su cuerpo la inmovilizaba y sus brazos rodeaban su cintura entrelazados ejerciendo presión sobre ella.

—Déjeme en paz o gritaré, usted no es mi marido—le recordó Angelet.

—Es verdad, pero pronto lo seré preciosa y entonces no podréis negaros a mí porque si lo hacéis, si me rechazáis pondré a vuestro padre en una oscura celda de Marshalsea. ¿Sabéis que es Marshalsea, preciosa? Seguramente no. Pues os informo que es una prisión para deudores y estafadores, allí irá no sólo su padre sino su madre y también sus hermanos si me niega lo que mañana deberé tener por derecho.

Ella se estremeció al oír sus amenazas y las tomó al pie de la letra pensando que ese hombre era realmente perverso. ¿Una prisión de deudores y estafadores para su familia? Eso era tan horrible que sin poder evitarlo lloró al pensar que pronto se uniría a un hombre tan cruel y malvado que convertiría su vida en un infierno.

Dejó de luchar y resistirse, estaba atrapada y si ese "caballero" decidía tomarla esa noche nada se lo impediría, ni ella podría con la fuerza que emanaba de su cuerpo. Tirano y villano que de caballero no tenía nada, sus ojos la miraban con creciente lujuria mientras le susurraba que no llorara. Angelet no le respondió, si antes tenía miedo a la noche de bodas ahora estaba convencida de que sería mucho peor de lo que temía.

—Descansa ahora, deja de temblar, no voy a tocarte—le susurró él—Aunque os confieso que me muero de ganas.

Ella quería que se alejara, no soportaba tenerle tan cerca ni tampoco que... estuviera en esa posición tan atrevida, encimado como si fuera a hacerle el amor en cualquier momento. Pero estaba exhausta y no tardó en rendirse. No podía hacer otra cosa.

Una boda en Escocia

HACÍA ALGÚN TIEMPO que Angelet soñaba con el día de su boda como muchas jóvenes de su edad que se imaginaban con un largo vestido blanco, flores de azar y un novio guapo como un príncipe azul, atento, sereno y completamente enamorado. Una boda mágica, de ensueño.

Nada más distinto que eso, nada más raro que una boda entre dos extraños y jurar que amaría y respetaría a su marido hasta que la muerte los separara, que en la salud y enfermedad estaría a su lado todos los días de su vida. El oficial unió sus manos y ella se estremeció cuando en un santiamén, luego de aceptar como esposo a Elliot Praxton un desconocido los declaró marido y mujer.

Tembló cuando él atrapó sus labios en un beso apasionado ante la mirada atónita de sus padres. Y aún entre sus brazos él acarició su cabello y la miró con tanta intensidad.

—Ahora eres mi esposa, capullito —dijo y volvió a besarla, a abrazarla emocionado. Fue tan inesperado, tan raro que hiciera eso.

Su madre lloró ante la escena y su padre la abrazó. Más que boda parecía un funeral para su familia. Sólo su hermana Clarise se acercó a felicitarla y la besó y se mantuvo callada el resto de la ceremonia.

Abandonaron Gretna Green poco después rumbo a Dartmoor escoltados por sus padres que parecían tan serios y disgustados. Elliot se sentó a su lado en el andén de primera clase y hasta hizo algunas bromas en el camino mientras le robaba algún beso.

Angelet enrojeció al notar la mirada disgustada de su padre y la sonrisa triunfal que le dirigió Praxton.

—Debemos irnos ahora capullito, despídete de tus padres.

—Pero Elliot—balbuceó.

—Sí... ahora seguiremos caminos diferentes.

Lord Hampton no se movió.

—No me iré sin que me dé esos malditos papeles, señor Praxton—dijo con fría calma—Usted lo prometió.

—Luego recibirá los documentos lord Hampton, no se impaciente por favor. El matrimonio ahora no es más que un papel firmado que un individuo con influencias y amigos en el parlamento como usted podría deshacer, por eso le daré las pruebas que le enviarían a la cárcel en unas semanas.

Lord Hampton se quedó de piedra, tan disgustado que fue incapaz de decir palabra mientras que su esposa parecía al borde de las lágrimas.

Y Praxton sin arrepentirse de una sola de sus palabras se acercó a Angelet y le susurró: "despídete de tus padres y hermanos, querida".

Ella obedeció temblando, habría deseado regresar en su compañía y olvidar que ese día se había casado con el enemigo de su padre.

Esa inquietud se convirtió en desasosiego luego de abandonar la pintoresca posada donde habían pernoctado la noche anterior luego de ser agasajados con un pequeño banquete de bodas y emprender el camino de regreso. No importaba cuán amables fueran en ese pueblito pintoresco del sur de Escocia, ni tampoco ver a otros enamorados ingleses fugados listos para casarse, saber que ahora era la esposa de Praxton la angustió pues no olvidaba sus amenazas de quién se había convertido en su marido ese frío día de mediados de noviembre.

LA VISIÓN DE LA MANSIÓN de Stonehill, envuelta en una niebla helada concentró su atención durante unos instantes. Habían llegado y eso le provocaba alivio porque el viaje había sido incómodo y agotador.

—Ven preciosa, estás helada...—dijo Praxton y la abrazó mientras la guiaba al comedor principal luego de atravesar un cortejo de sirvientes uniformados que les dieron la bienvenida.

—Señora Adams encárguese de la cena, la señora Praxton está exhausta y deseamos descansar.

Angelet tiritaba frente al fuego extendiendo sus manos heladas.

—Bienvenida a Stonehill, preciosa—le dijo él envolviéndola con sus brazos.

Ella lo miró espantada preguntándose si esa noche le haría el amor. "no soportaré que me toque, creo que me desmayaré" pensó entonces.

—Necesito cambiarme, Elliot—dijo.

Un baño, ropa limpia y perfumada pues el vestido de bodas lucía ajado y los bordes de la falda con manchas de barro y pasto.

Praxton sonrió.

—Por supuesto querida, aguarda, le avisaré a Maude, tu nueva doncella.

Cuando Angelet entró en la que sería su nueva habitación se estremeció porque era hermosa, la cama principal con dosel de cortinados de seda azul al igual que la fina manta que la cubría. Se sonrojó al ver esa cama e imaginar lo que pasaría después, en tan poco tiempo...

Sumergida en la bañera sintió que entraba en calor, que todo su cuerpo recuperaba la energía que el frío y el miedo le habían quitado.

Ahora necesitaba comer algo porque estaba hambrienta, se sentía limpia y perfumada, renovada y lista para enfrentar aquello que tanto temía.

Pero ya estaba hecho: se había casado con Praxton, había prometido amarle, honrarle y obedecerle el resto de su vida. Sin embargo, sus padres le habían pedido que no consumara su matrimonio pues así sería más sencillo el divorcio pues su boda era escocesa y en ese país estaba permitido el divorcio.

Entró en el gran comedor envuelta con una capa de fino paño para no enfriarse pues su doncella le había advertido que el comedor era uno de los lugares más fríos de la casa.

Él aguardaba sentado a la cabecera de la mesa.

—Ven aquí capullito, vamos, no voy a comerte—dijo.

La joven obedeció y se sentó a su lado. Su anillo de bodas brilló a la luz de las velas del candelabro emitiendo destellos en tonos plateados, esa joya significaba que había dejado de ser soltera y ahora le pertenecería a Praxton hasta que su padre decidiera lo contrario.

No, su marido acababa de cambiar sus planes pues si no consumaban el matrimonio enviaría a su familia a esa horrible prisión de estafadores en Londres, se lo había dicho con claridad.

—Come preciosa, estás muy pálida. ¿Acaso tienes miedo? —le preguntó de pronto.

Distraída con sus pensamientos no había visto que tenía un plato lleno de estofado que olía delicioso. Una carne tierna sazonada con legumbres le recordó que estaba hambrienta y exhausta, el cansancio comenzó a vencerla a medida que llegaba a la mitad de la generosa porción que le habían servido.

De pronto se preguntó por qué en esa cena no había invitados, parientes, amigos. ¿Dónde estaban? ¿Acaso no tenía amigos al menos a quienes agasajar?

Cuando le preguntó al respecto su esposo sonrió.

—Esto no fue lo que había planeado preciosa, no quería que fuera así... soñaba poder conquistar tu corazón antes de que llegara este momento.

Su respuesta la desconcertó, era como si no hubiera entendido su pregunta hasta que continuó:

—No hubo tiempo de organizar una fiesta, de invitar a mis amigos de Londres y parientes. En realidad, nuestra estirpe no es tan importante ni numerosa como la vuestra, pero te confieso que me habría gustado dar una recepción. Sin embargo, tuvimos que huir a Escocia para poder casarnos como dos enamorados rebeldes.

La joven lo miró desconcertada.

—Es que en Gretna Green pueden casarse jóvenes que aún no han cumplido la mayoría de edad, sin el consentimiento de sus padres. Y debimos ir al altar de los enamorados porque en Devon, el reverendo Thomas no quiso casarnos sin una dispensa.

—¿Y por qué la prisa, sir Praxton?

—Bueno, es que llevo esperando este momento hace más de un año señorita Hampton, desde el día en que la vi en esa fiesta en el salón de lady Hilton. ¿Lo recuerdas?

Sí, lo recordaba, pero...

—Desde que te vi sentada en ese salón, hermosa y tímida como un capullo deseé que fueras mi esposa. No podía dejar de mirarte y cuando tus ojos se posaron en los míos un instante me hechizaron por completo. Y cuando vuestro padre descubrió que te espiaba, que seguía tus pasos, me prohibió acercarme a ti. Pero ya no podrán hacerlo, ahora eres mi esposa querida y deja de llamarme sir Praxton, dime Elliot por favor capullito—dijo y llenó su copa de vino tinto.

La joven lo miró aturdida.

—Bébelo ahora, te sentirás mejor—aseguró.

Angelet obedeció y poco después notó que las velas se movían como si un viento inesperado inundara el comedor.

—Luego daré una fiesta para celebrar nuestra boda querida, ahora ven... debes estar muy cansada.

Sí, lo estaba y cuando llegaron a la habitación y vio la cama esperándoles sintió deseos de escapar. Entonces había llegado el momento que tanto temía.

Se alejó despacio y miró la puerta al sentir que la rodeaba con sus brazos y besaba su cuello.

—Ven aquí... eres mi esposa ahora y no puedes negarte a mí—le susurró y comenzó a quitarle el vestido despacio. Uno a uno los minúsculos botones se desprendieron liberándola de la prenda hasta que sólo quedó ese vestido ligero y transparente.

Sus manos atraparon su cintura y comenzó a acariciar su cuerpo a través de la tela atrapando sus pechos sin dejar de besarla.

Estaba asustada, no quería hacerlo y cuando él intentó quitarle el vestido lloró.

—No... por favor... necesito tiempo ahora... todo ha sido tan precipitado señor Praxton. Ahora no puedo...—murmuró.

Sus ojos castaños brillaron de rabia al sentir su rechazo.

—¿Acaso odias que te toque, muñeca mimada de Forest Manor? —dijo molesto sin apartarse de ella.

Ella se alejó, corrió, pero él la atrapó cuando llegaba a la puerta.

—No es eso sir Praxton... Aguarde por favor, sólo necesito de un tiempo. Prometo que si me da un tiempo seré su esposa como debe ser.

Estaba atrapada pues la tenía fuertemente sujeta y no podía librarse de sus brazos.

—¿Tiempo? ¿Cuánto tiempo? —preguntó él. Desconfiaba, no se fiaba de sus promesas.

—Unos días, tal vez una semana, no más que eso. Por favor.

—Una semana es mucho tiempo, preciosa... pero si me pides unos días quiero que comprendas el riesgo que supone un matrimonio no consumado. Vuestro padre es mi enemigo y puedo imaginar lo que planea, no soy ingenuo.

—No diré nada de esto, lo prometo Elliot.

Estaba tan asustada que habría jurado cualquier cosa.

—Espero que recuerdes que has dado tu palabra preciosa, si no lo haces, si me traicionas...

—No, no diré nada.

—Espero que así sea, ahora regresa a la cama, no te tocaré, pero deberás compartir la habitación y también el lecho.

Angelet obedeció nerviosa al tiempo que secaba sus lágrimas y cuando se metió en la cama todo el cansancio y los nervios de ese día la vencieron. Qué alivio sintió que no la tocara, un alivio tan grande que pensó que unos días no serían suficientes y que acababa de hacer una promesa que no podría cumplir.

DESPERTÓ EXHAUSTA COMO si hubiera dormido mil años y confundida abandonó despacio la cama sin saber dónde estaba. ¿Qué era esa habitación azul?

Entonces recordó que se había casado con Praxton y su primer impulso fue buscar su vestido pues se sentía medio desnuda con esa túnica. ¿Dónde estaba su traje de bodas? Se preguntó mientras lo buscaba con desesperación.

No pudo encontrar un guardarropa ni mueble, debía haber otra habitación contigua pero no tenía forma de llegar a ella. ¡Demonios! No podía escapar sin ropa.

Un sonido en la puerta la sobresaltó. No podía ser. Praxton estaba allí con el traje de montar blandiendo un rebenque. El cabello oscuro alborotado y sus ojos brillantes le daban un aspecto extraño.

—Buenos días preciosa, ¿todavía no te has vestido?

La joven retrocedió espantada y murmuró que no había encontrado nada que ponerse.

—¿De veras? Pues te ves muy bella así...

—Pero no puedo quedarme con este camisón señor Praxton estoy helada—se quejó—¿Dónde habéis guardado mi ropa?

Él se acercó y se quedó mirando sus labios con deseo.

—¿Es que no vas a besar a tu marido, preciosa? —se quejó.

Angelet se acercó y le dio un beso tímido en la mejilla.

—¿Y eso qué fue? ¿Un beso de amigos? Soy tu marido capullito, ¿acaso lo olvidas?

No la dejó en paz hasta que le dio un beso profundo, apasionado. Olía a cuero y a sudor y se preguntó si intentaría algo más.

Sin embargo, sólo le preguntó si había desayunado.

Al parecer no sería tan sencillo escapar, pero debía intentarlo.

DÍA TRAS DÍA, LA RECIÉN casada salía a caminar en compañía de su doncella Maude, observando a su alrededor y estudiando cada detalle de la casa preguntándose si tendría alguna posibilidad de escapar. Creía que no pero tal vez valiera la pena intentarlo. Sin embargo, a medida que pasaba el tiempo comprendía que era casi imposible pues notaba que los criados jamás la dejaban sola ni tampoco él, su marido.

Estaban conociéndose, conversaban, compartían salidas a media mañana, pero en la tarde el frío los obligaba a permanecer recluidos.

Un día le preguntó por qué su hermano lo había retado a duelo, caminaban rumbo al lago de la mansión, un lago que en invierno se convertía en un páramo helado.

—Es que tu hermano no me permitía cortejarte capullito, ni quería que me acercara a ti. Y cuando me vio merodeando Forest Manor se enfureció y dijo que me mataría—sonreía al recordar.

—¿Y esas cartas Elliot, por qué me hiciste creer que esa poesía la habías escrito para mí?

Ese incidente la había ofendido y él no podía entender la razón. Se acercó a ella y la abrazó.

—Creo que debemos regresar ahora preciosa, hace mucho frío aquí y temo que pueda llover. Mira el cielo.

El cielo estaba cubierto, pero eso no decía nada, en esas fechas el cielo solía amanecer despejado y luego nublarse a media mañana o llenarse de nubes plomizas.

¿Por qué evitaba hablarle de esas cartas? ¿Las había escrito él o lo había hecho alguien más?

Emprendieron el camino de regreso en silencio.

—¿Y dónde está tu familia, Elliot? ¿Por qué no visitan Dartmoor? —le preguntó.

—Mis padres murieron preciosa y mi único hermano se ha dedicado a viajar por el mundo y nadie sabe si regresará o... en realidad hace mucho que no me envía ni una postal. La soledad de este paraje ya no me abruma ni tampoco los recuerdos de tiempos felices. Mi padre se casó a los cuarenta y siete años y sus hermanos ya eran abuelos. Demasiado mayor para ser padre —hizo una pausa y se enjuagó el sudor de la frente—. Sus malos negocios hicieron que perdieran sus tierras, otros migraron a otro condado para huir de la gripe y no quisieron regresar.

—¿Te refieres a la epidemia que hubo hace tiempo?

—Sí... me encontraba en Oxford estudiando leyes cuando pasó, fue como una peste medieval, primero enfermaron los criados, los niños... mi padre tenía setenta años y mi madre había muerto el año anterior por la misma enfermedad. No pudo resistirlo y mi hermano estuvo grave pero luego se mudó a Corneille con unos tíos y no quiso regresar. No soportaba la casa sin mi madre y por eso cuando tuvo su parte de la herencia dijo que haría un viaje y no he vuelto a verlo desde entonces. Así que tuve que dejar mi carrera de leyes y regresar. En ocasiones he pensado en vender la casa, pero no puedo hacerlo, es todo lo que tengo. Tío Edgard me legó una villa contigua a esta, tal vez sí pueda venderla en un futuro si la situación aquí empeora.

—Lo lamento... creí que mi padre —dijo Angelet sonrojada.

Él sonrió de forma extraña.

—¿Se refiere a la dote? No hubo tal dote ni tampoco la habría pedido. No me casé por su dinero, señorita Hampton.

Parecía ofendido y molesto y ella no insistió en el asunto su prioridad era observar a su alrededor y preguntarse si sería muy difícil escapar.

Todos los días aprendía algo de los atajos del camino que podía seguir para salir de Dartmoor, pero sabía que no sería sencillo.

UNA SEMANA DESPUÉS mientras cenaban recordaba una anécdota de infancia cuando comenzó a sentir sueño. Había bebido demasiado y nunca había tolerado demasiado bien la bebida.

—Creo que debo retirarme ahora, estoy algo mareada—dijo.

Él se acercó solícito y la ayudó a regresar a sus aposentos, los que compartían sólo en apariencia.

Al llegar una doncella aguardaba para ayudarla a desnudarse, pero su esposo le dijo que no sería necesario.

—Yo lo haré, gracias...

La puerta fue cerrada con llave mientras la joven observaba algo aturdida la situación. ¿Entonces su marido la ayudaría a desvestirse?

Sintió sus dedos moverse ligeros liberando primero el corsé y luego, sin prisa, su vestido color malva de seda.

La visión de su cuerpo con ese vestido ligero lo hizo temblar.

—Eres hermosa Angelet, tan bella...—le oyó decir.

Su mirada intensa recorría su cuerpo como una caricia, una caricia tan sutil que se alejó ruborizada y excitada pues nunca la habían mirado así, con tanto deseo y deleite.

Pensó en escapar al comprender sus intenciones, no se había movido pero sus ojos lo decían todo: la deseaba y quería convertirla en su mujer y eso le daba miedo.

—No... aléjese de mí—protestó, pero al correr tropezó y tuvo que sostenerse de la pared para no caer.

Estaba mareada y se sentía muy extraña.

—¿Estás bien, preciosa? ¿Te has lastimado? —preguntó él.

Ella lo miró ruborizada.

—Soy tu marido precioso, no es justo que me prives de ti, que te escondas y no dejes... déjame verte por favor, deja que te toque...—le suplicó desesperado.

Un beso ardiente atrapó sus labios, un beso intenso y de pronto sintió unos brazos rodear su talle con el ímpetu de un bandido dispuesto a tomarla sin esperar a ser invitado.

Estaba demasiado mareada para resistirse y también confundida, pues sabía que no podría escapar y sin embargo ese beso la había hechizado, ese beso ardiente la envolvía y empujaba un poco más.

Sus padres le habían prohibido acercarse a ese hombre o permitir que la tocara pues si lo hacía nunca más podría escapar de ese matrimonio, no podría ser anulado. Pero era su esposo y sus caricias eran tan tiernas y seductoras. Sintió sus manos atrapar sus pechos a través de la tela y suspirar al sentir su suavidad. Sus manos recorrieron cada rincón de su cuerpo sin dejar de besarla, de arrastrarla al deseo... nunca antes había sido tan abrumada por el deseo y sabía que no podría resistir. Él le rogaba que se entregara a él, que fuera su esposa como debía ser, estaban casados y...

Un beso ardiente ahogó sus gemidos, no sabía qué le pasaba, por qué permitía que la tocara y cómo podía disfrutarlo.

Su vestido cayó al piso y fue un gesto de desafío y triunfo.

No fue él quien se lo había quitado, fue Angelet que lo hizo sabiendo que era su deber de esposa desnudarse y permitir que tomara su virginidad y la convirtiera en su mujer.

Praxton no tenía prisa y lentamente la llevó a la cama para llenarla de caricias y aguardar el momento adecuado para consumar esa magnífica cópula. Su miembro estaba más que listo y pujaba por salir, pero una caricia en su vientre comprendió que debía demorarse un poco más.

—Tranquila, no voy a lastimarte...—le susurró.

Ella se sonrojó.

—Elliot es que no sé qué debo hacer ahora, nadie me ha hablado si es que...

Su esposo sonrió.

—Tú no debes hacer nada preciosa, sólo quedarte quieta y abrirte para poder convertirte en mi mujer esta noche. No temas... Angelet, eres tan hermosa, no te cubras, tu cuerpo es tan bello, tan perfecto...

Luego de decir eso atrapó sus labios y la cubrió con su cuerpo medio desnudo luchando por contener ese deseo que lo volvía loco. Necesitaba que se relajara, que estuviera lista para él, para que pudiera tomarla y convertirla en su mujer.

Ella lo abrazó con timidez y lentamente comenzó a dominar el miedo y desconcierto. No estaba asustada, su temor era no saber qué debía hacer porque nadie la había preparado para compartir el lecho con su esposo, sino que por el contrario le habían prohibido que lo hicieran. Pero no esperaba obedecerles ahora, no quería convertirse en la enemiga de su marido él se había mostrado tan amable y amoroso, tan paciente...

Rodaron por la cama y siguió besando sus labios, su cuello, nunca la habían besado así, con tanta pasión...

—Angelet, mírame... quiero que veas como soy—dijo Praxton mientras se quitaba el pantalón oscuro despacio.

Ella se sonrojó cuando vio que de los pantalones salía ese miembro rosado y muy erguido, mucho más grande de lo que había imaginado. Pero afortunadamente no era como el de los caballos que había visto aparearse en el campo.

—Mírame... quiero que me conozcas, que me toques... hacer el amor no es un acto de procreación como te han inculcado hermosa, es un acto de amor, de cariño y también de placer...

Ella se acercó y comenzó a acariciarle, a tocar esa inmensidad despacio palpando su fuerza y suavidad. No sabía cómo entraría eso en su vagina, hasta dónde sabía la suya era pequeña y pensó que le dolería como habían dicho sus primas, pero... cuando se tendió en la cama estaba lista para hacerlo. "Sólo duele la primera vez, luego dicen que no sientes nada" le había dicho su pícara hermana. Eso le había dicho Rose, la pícara doncella que lo hacía a menudo con su novio en la pradera. Pronto se casarían, pero ese pronto nunca llegaba. Sin embargo, evitaba los embarazos introduciéndose esponjas empapadas en vinagre. Algo que debía arder como el demonio.

Cerró los ojos y gimió al sentir el peso de su cuerpo y también que estaba haciendo, entraba en ella con mucha suavidad.

—Relájate, no temas, luego pasará, es sólo al comienzo—le susurró—Angelet, mi ángel, mírame... quiero que me abraces y te quedes así, tranquila... puedes llorar si lo deseas.

No, no quería llorar sólo escapar la mareaba sentirse así, unida de forma tan íntima con un extraño. Esa inmensidad estaba en ella y se movía, se movía una y otra vez hasta que de repente notó que expulsaba esa simiente para hacerle un bebé y entonces pensó que todo había terminado porque él la apretó contra la cama y cayó exánime, fundido, sin fuerzas...

—Angelet, preciosa... te amo...—le susurró al oído y la besó.

Pensó que todo había terminado y se dormiría, pero no fue así, lo haría de nuevo, estaba preparándola con besos y caricias, aguardando el momento en que estuviera lista.

No sabía que el hombre lo hacía varias veces hasta estar satisfecho.

Y le llevó varios días aceptarlo y adaptarse.

Lo bueno era que ya no le dolía y casi disfrutaba ese momento de amor e intimidad.

—Nada de lo que pase en esta cama debe avergonzarte, preciosa—le dijo él en una ocasión.

Ella se desnudó despacio y sus caricias le provocaron un raro cosquilleo.

Se estremeció cuando luego de demorarse un buen rato llenándola de caricias entró en su vientre y cayó sobre ella.

Todos los días quería hacerle el amor: a media mañana o en la tarde y en la noche jamás podía escapar de su apasionado abrazo.

Nadie le había advertido que el matrimonio sería así, tuvo la sensación de que pasaba el día entero desnuda pegada a él, unida en esa cópula que empezaba a gustarle.

Él insistía en llenarla de besos, pero no permitía que las caricias fueran tan atrevidas como intentó una vez al perderse más allá de la cintura y besar su pubis emitiendo un gemido extraño.

Lo apartó avergonzada y confundida y él había sonreído.

—Sólo son caricias preciosas, suaves caricias... debes aprender a disfrutar y entender que esto no es sólo para hacer bebés. Tranquila, no te asustes.

Sí se había asustado, pero regresó a su lado y él la atrajo contra su pecho para sentir su hermoso cuerpo de formas llenas, se deleitaba contemplando las curvas de sus caderas y sus pechos llenos tan blancos de aureola rosada, le encantaba besar y lamer de ellos y su intención era convertirla en una amante apasionada pero aún era muy tímida. Necesitaría más tiempo... sin embargo él notaba que tras esa damita tímida se escondía una mujer apasionada y tan dulce...

Nada más regresar a la casa y verla sentía que su corazón se llenaba de amor y dicha, sólo verla y luego llevársela a la cama para hacer el amor el resto de la tarde.

Pero Praxton sabía que el peligro acechaba, que la familia de su esposa tramaba una cruel venganza por haberles arrebatado la flor de su casa y cuando Angelet pidió ver a sus padres se puso alerta.

—Luego querida, ahora hace mucho frío... no quiero que te resfríes—inventó él.

Los ojos de la jovencita se pusieron tristes y permaneció callada durante la cena.

—¿Extrañas Forest Manor, preciosa? —preguntó luego.

Ella sostuvo su mirada y se sonrojó por la intensidad que la miraba.

Todos los días quería hacerle el amor, la deseaba como el primer día y sabía que luego la desnudaría y arrastraría a la cama.

—Sí, un poco... les he escrito dos cartas, pero no me han respondido ni tampoco han venido a visitarme como les pedí.

Él sonrió con ironía.

—Ni creo que lo hagan, querida. Me odian con toda el alma y aborrecen profundamente que sea su yerno.

Esas palabras la inquietaron.

—Oh, no creo que sea así querido.

—Me odian ángel, y tienen razones para ello. No los culpo. Irrumpí en su casa para exigir el pago de una deuda y como se negaron a pagarme decidí llevarte a ti... Te aseguro que harán hasta lo imposible por robarte de mi lado anulando la boda. Aunque eso ya no podrán hacerlo...

Sus ojos recorrieron sus labios y su blanco escote que se perdía en sus senos redondos y suaves.

Tomó un sorbo de vino y apuró la cena para deleitarse con su dulce compañía.

—Ven preciosa...—tomó su mano y notó que sus mejillas se encendían lentamente.

Una doncella aguardaba en su recámara, pero sir Praxton le dijo que no debía estar allí de malos modos. No quería que nadie viera el cuerpo desnudo de su esposa, aunque fuera una criada.

—Lo siento, señor—dijo la jovencita y se alejó rápido de la recámara.

Angelet se acercó a la cama y esperó paciente a que su esposo la desnudara. Sabía cuánto le agradaba hacerlo para deleitarse observando su cuerpo desnudo, mucho antes de tocarla, de llenarla de besos...

—Ven aquí preciosa... esta noche no escaparas—le susurró al oído rozando sus nalgas apenas con su miembro erguido y duro como una piedra.

Ella rió al sentir que le hacía cosquillas con sus manos y también con el roce de su miembro.

—Sí nunca puedo escapar, Elliot—le respondió mirándole con picardía.

De pronto el gran espejo reflejó su cuerpo de curvas llenas y a él atrapando su cintura mientras besaba su hombro izquierdo y su cuello mientras sus manos se movían deprisa para atrapar sus pechos y apretarlos con suavidad.

Era la primera vez que lo veía en el espejo y la imagen fue tan turbadora que quiso apartarla, pero él, divertido por su rubor le ordenó que siguiera mirando.

—Quiero que observes este hermoso acto Angelet, que lo veas y descubras qué bonito que es ver el reflejo de lo que está pasando ahora—dijo.

Angelet obedeció y se estremeció al ver que sus besos atrapaban sus pechos por detrás mientras sus manos acariciaban su pubis casi desprovisto de vello. Aún era pequeño, pero no tanto como antes, luego de hacer el amor por primera vez había perdido su apariencia casi infantil y ahora se notó más mujer y eso le agradó.

Sus besos y caricias se demoraban en cada rincón de su cuerpo haciendo que se humedeciera y que disfrutara cada momento.

Y muy despacio fue llevándola a la cama sin despegarse un centímetro de su cuerpo y de pronto le rogó que cerrara sus ojos y se quedara inmóvil, pero con las piernas relajadas y levemente abiertas.

Angelet lo hizo, cerró los ojos y no se movió de espaldas a él. Pensó que se acercaba el momento más deseado cuando entraba en ella para rozarla hasta esparcir su semilla en su interior. Deseaba que lo hiciera, deseaba sentirle y al sentir algo duro en la entrada de su pubis tembló y sintió que se humedecía y relajaba.

Pero no fue su virilidad lo que rozó su pubis sino algo húmedo y unos labios hambrientos y voraces que comenzaron a devorarla.

Abrió sus ojos espantada y lo vio inclinado sobre ella, su boca atrapaba la humedad que la excitación provocaba y no dejaba de deleitarse y gemir.

Su impulso fue escapar, pero al tenderse boca arriba y apartarle, su esposo, enojado jaló de sus caderas y la atrapó y su boca regresó a ese deleite inmovilizándola casi contra la cama. No, no podría escapar esta vez. Él se lo había pedido otras veces, lo había intentado otras tantas, pero ella no se lo había permitido y ahora que tenía lo que deseaba no se detendría y...

Oh, pensó que iba a desmayarse, que el placer de sentir su lengua prodigándole esas caricias tan íntimas y atrevidas la volvería loca.

Cerró sus ojos y se rindió y gimió cuando su boca la apretó aún más y las caricias subieron hacia arriba, a ese lugar al que nunca antes había llegado.

Todo su cuerpo sintió ese relax y esas oleadas de placer que la sacudieron por completo una y otra vez.

Pero le gustaba, nunca antes había sentido un placer semejante ni había creído que ese acto de procreación pudiera darle tanta satisfacción. Y sin darse cuenta de lo que pasaba ni de lo que hacía se abrazó a su hombre y gritó al sentir que el placer llegaba al límite de lo soportable contrayendo su pubis de forma rítmica una y otra vez.

Elliot no quería detenerse y siguió besando los pliegues de su sexo succionando de ellos con la desesperación de un loco.

Y cuando le rogó que la dejara que no podía más lo vio sonreír triunfal tomando con su miembro inmenso el motín que acababa de conquistar llenándola, estirándola y haciendo que cada movimiento fuera maravilloso.

—Eres hermosa mi ángel, tan dulce...—le susurró mientras se preparaba para esparcir su simiente.

Angelet respondió a sus embestidas como él le había enseñado a hacerlo, con movimientos rudos que no tardaron en darle nuevamente ese placer nuevo que acababa de descubrir y que hacía que su sexo se contrajera con fuerza aprisionando aún más esa inmensidad...

Gimió desesperada al sentir ese alivio y placer tan fuerte que temió desmayarse, lo abrazó con fuerza y él cayó con todo su peso para hundirse en el placer y la satisfacción final sintiendo cómo esparcía cada gota de su simiente muy al fondo, soñando que esa maravillosa noche pudiera engendrarle un bebé... siempre lo deseaba pero por momentos su ansiedad lo desesperaba pero una emoción mucho más intensa lo embargaba al sentir que por primera vez despertaba a la amante ardiente y apasionada que había escondida en su esposa. Se había rendido, había logrado que lo hiciera y su respuesta lo había vuelto loco y sintió que podía estar toda la noche saboreando esa delicia.

Se miraron en silencio y en sus brazos Angelet le confesó que había sido especial.

—Nunca creí que sería así pensaba que... una dama jamás lo disfrutaba sólo las mujeres que...

Praxton sonrió.

—Eso es lo que les inculcan a las señoritas para que no caigan en la tentación de la carne, ángel. Es por eso... Pero como te dije al comienzo, nada de lo que ocurra aquí debe avergonzarte, déjate tentar por el deseo, esto es sólo el comienzo... ven aquí, ¿crees que voy a dejar que te duermas ahora?

Angelet lo miró sorprendida pero cuando cayó sobre ella y comenzó a besar sus pechos sintió que quería hacerlo de nuevo y sentir esas cosas tan maravillosas que había experimentado recién.

LOS DÍAS SE HACÍAN más cortos y los recién casados se demoraban la mañana en la cama con juegos sensuales y ningún criado osaba acercarse hasta que el señor se presentaba en el comedor, lo que ocurría cerca de las once.

Angelet siempre accedía a sus juegos y lentamente fue liberándose de sus miedos, aunque seguía siendo tímida al comienzo siempre terminaba disfrutando cada momento fascinada y seducida por el deseo ardiente que él despertaba en todo su cuerpo. Jamás imaginó que lo disfrutaría tanto.

Pero sabía que esa intimidad la había unido de una forma extraña y profunda a Praxton y eso ocurrió desde la primera noche que hicieron el amor. No sólo había cumplido con sus deberes de esposa, al ser desflorada por él supo que nada sería como antes. Se sintió muy extraña entonces, pensó que ya nunca sería la misma porque se había convertido en su esposa, en su mujer y ese cambio le gustaba. La intimidad no era una simple obligación para ella, un deber marital y nada más, la intimidad se convirtió en su mundo y en una necesidad que ahora no deseaba evitar. Disfrutaba tanto sus besos y caricias y cuando tenía que irse se sentía tan triste y vacía. Lo quería sobre ella, fundido y acoplado en su pubis, en su cuerpo...

¿Por qué se alejaba? ¿Por qué tenía que recorrer las tierras a caballo todos los días, reunirse con los arrendatarios o conversar con su administrador, recibir amistades o visitas inesperadas?

Angelet comenzó a desear que él no tuviera que alejarse ni ella recibir esas visitas inoportunas. Solos los dos, charlando o haciendo el amor.

El mundo podía esfumarse.

El mundo con todas sus criaturas molestas, impertinentes e intrusas podía desaparecer que no la habría afectado para nada, que el mundo se convirtiera en humo pero que quedara el señorío de su esposo y por supuesto: él...

Pero al parecer el mundo conspiraba para arruinar su intimidad y como si despertara de un sueño un día recibió una carta dirigida a ella.

"Por el amor de una rosa, el jardinero es servidor de mil espinas." Decía y allí estaba una rosa roja junto con esa esquela y un raro mensaje: "Mi hermosa dama, no penséis ni un segundo que os he olvidado, no vivo recordando la dulzura de tu mirada... Porque te dije que nunca podría olvidarte..."

Angelet suspiró al sentir el aroma de la rosa y luego sonrió.

Praxton quería hacerle una broma.

O tal vez era un gesto romántico tan tierno de su parte, escribirme esas misteriosas cartas como en el pasado...

Elliot se encontraba abocado a su faena diaria en el campo, aguardaría su regreso...

Acababa de darse un baño ayudada por la doncella y lo esperaba con ansiedad, el día se hacía tan largo sin él.

Dio vueltas en el comedor y se detuvo a tocar el piano. El piano era su gran solaz cuando lo echaba de menos.

Y tan ensimismada estaba tocando una melodía que no se dio cuenta de que su esposo la observaba desde la puerta.

Hasta que sintió su mirada y sonrió.

Acababa de llegar y tenía las botas y el saco lleno de barro, necesitaba asearse, pero no pudo evitar acercarse y besarla.

—Preciosa... ven aquí... hueles a rosas y algo dulce y tierno—le susurró.

Angelet dejó escapar una risita al sentir que besaba su cuello y atrapaba sus pechos a través del corsé.

—Aguarda... iré a darme un baño ahora. Espérame en nuestros aposentos.

Ella sonrió y sus mejillas se cubrieron de rubor y él se quedó mirándola embelesado y quiso besar esas mejillas y sentir el calor. Porque estaban ardiendo y su respiración también se volvía agitada por sus caricias, por la expectativa de hacer el amor.

—Ángel, eres tan dulce... ven aquí...

Él tomó su mano y la llevó a su habitación donde le quitó el corsé y comenzó a apretar y besar sus pechos llenos por la excitación. Su cuerpo había cambiado esas semanas y ahora era toda una mujer.

—Oh Elliot... estaba deseando verte...

—Yo también mi amor, todo el tiempo que paso lejos de ti es un infierno, a veces quisiera llevarte conmigo, pero... no puedo hacerlo.

Ella lo miró interrogante.

—¿Por qué no puedes llevarme? Soy tu esposa, debería acompañarte.

No tardó en desnudarla dispuesto a prodigarle caricias y luego regresar bañado y más presentable, esa ropa apestaba.

—No puedo mi amor... no quiero que esos campesinos atrevidos se deleiten contemplándote, no lo soportaría—respondió.

Ella se dejó caer en la cama cubierta solo con su desnudez y le sonrió con expresión traviesa.

—Diablos, debo irme ahora, pero... no puedo hacerlo. Ven aquí.

Sabía que lo haría y casi gritó al sentir sus labios hambrientos devorar su pubis con avidez, deleitándose de que estuviera tan húmeda y dispuesta.

—Eres un demonio Elliot, mi padre tenía razón...—se quejó mientras acariciaba su cabello despacio y él se hundía un poco más en su rincón secreto.

Podía pasarse horas allí, siempre lo decía, pero en esos momentos sintió que volaba con esa invasión feroz tan placentera, su lengua inmensa jugaba con esa protuberancia rosada y no la dejaba en paz. Si la lujuria era pecado pues ella se iría al infierno.

Pero Angelet quería que entrara en su cuerpo, estaba tan excitada que no soportaba más esos juegos, todo su ser convulsionaba al tiempo que él se despojaba de la camisa y liberaba su miembro húmedo para estallar en su delicioso vientre.

Ella lo abrazó con fuerza y gimió al sentir que su desesperación encontraba la calma en esa cópula rápida y salvaje, ruda... Adoraba su cuerpo fuerte y vigoroso, el olor de su piel y no le importó que tuviera la ropa llena de barro ni que oliera a sudor. Era su amor, su amante y adoraba sentirle así y hasta asió sus nalgas para que la penetración fuera más profunda.

Y entonces su marido no pudo retener más su placer, no fue capaz y gimió al vaciar hasta la última gota de semen en su vientre y ella gritó al sentir nuevas convulsiones de placer en ese preciso instante.

—Te amo mi amor, te amo tanto... preciosa.... ¿Creíste que te dejaría ir, que permitiría que ese remilgado conde te hiciera su esposa? —le susurró exhausto, incapaz de dar un paso más.

Ella sonrió.

—Pues me alegro que hayas sido tan vehemente Praxton, creo que eres el mejor amante que podría haber tenido... A veces me pregunto si es correcto que...

Él sonrió.

—Lo que no es correcto es que me quede más tiempo aquí con el olor a caballo tengo, preciosa. Aguarda, ya regreso.

—No, no te vayas... siempre tardas mucho en bañarte.

—Es que necesito darme un baño tesoro para volver a ti como un verdadero caballero si es que puedes considerarme así... me he comportado como un salvaje.

—No es verdad... ven aquí, no te vayas todavía...

—Debo irme ángel, luego regreso, prometo no demorar...

Angelet suspiró y se vio en el espejo colocado frente a la cama y notó que se veía distinta. Enamorada y feliz... pues ahora sabía lo que era el amor carnal, la pasión que compartían los amantes, pero no todos los casados... Pues el testimonio de sus primas era muy distinto a lo que ella estaba viviendo con su esposo. Para ellas era una obligación que detestaban y a la que se sometían una vez a la semana y no más, a menos que sus esposos las obligaran. "Es horrible, es vergonzoso, no te cases Angelet, tú no eres para el matrimonio. No lo soportarías" le dijo su prima Claude.

Si su puritana prima se enterara de todo lo que pasaba en esa cama se desmayaría del horror.

Suspiró deseando que su marido no se demorara, deseaba quedarse en la cama hasta la hora de la cena.

Elliot regresó poco después húmedo y perfumado. La toalla que cubría su cuerpo fuerte cayó al piso y Angelet se sonrojó al notar que estaba más que listo para hacerle el amor, pero antes quería recibir caricias...

Lo vio en sus ojos, en sus labios que sonrieron mientras se acercaba a la cama despacio.

Besó sus labios y le quitó a manta que cubría su desnudez.

—Ven aquí preciosa... se muere por sentir tus caricias—dijo tomando su mano.

Angelet también deseaba hacerlo y dejó que él la guiara, cerró sus ojos al enfrentarse a ese miembro suave y erecto besándolo con timidez. Besos y caricias que lo volvían loco, sus labios rozándole despacio hasta que su boca se abrió y lo engulló como su dulce favorito. Suave y delicioso, ya no sentía pudor en prodigarle esas caricias ni tampoco en que él la tendiera de lado y le respondiera como una fiera hambrienta, ansiosa de devorarla... sintió que asía sus nalgas y la empujaba hacia atrás mientras ella se abrazaba a su espalda y comenzaba a moverse en busca de placer.

Hasta que él la apartó despacio y la llevó a la cama para entrar en ella como un demonio y esparcir su semilla, estaba desesperado y no pudo retenerlo más tiempo.

Y mientras lo hacía sujetó sus caderas y cayó sobre ella susurrándole: —Un bebé, preciosa, quiero que me des muchos bebés... y no dejaré de hacerte el amor hasta conseguirlo.

Angelet sonrió y le dijo que se lo daría.

—Nunca pensé que sería así... creí que tú... Serías muy malo conmigo—dijo de pronto suspirando al sentirse colmada y satisfecha.

Él se puso serio.

—Creíste que era el demonio de Dartmoor—dijo mirándola con fijeza.

La joven rió.

—En realidad ese era tu antiguo nombre.

—Y tú creíste que realmente era un demonio. No lo soy... estaba furioso porque me enamoré de ti desde el primer instante en que te vi, fue amor a primera vista y decidí que te convertiría en mi esposa, no importaba cuánto tuviera que enfrentar, cumpliría mi sueño.

Angelet sonrió.

—Tú me ponías muy nerviosa Praxton, tu mirada era tan intensa que huía de ti y creo que quise escapar de ti todo el tiempo—le confesó—Es que siempre fui muy tímida.

—Tímida y apasionada... hay tanto fuego en ti preciosa...

La joven se sonrojó.

—Eres tú quién me hace sentir esa pasión Praxton, nunca antes... tú me diste el primer beso de amantes, cuando vine a verte para pedirte que no te batieras a duelo con mi hermano... cuando me robaste ese beso sentí algo que nunca había sentido en mi vida y luego... Jamás imaginé que la intimidad sería así, pero... lo hago porque sé que tú necesitas una esposa ardiente, pero en el fondo sigo siendo muy tímida.

Praxton la miró con tanta ternura.

—Lo vi desde la primera vez que hicimos el amor, cuando te desnudé y contemplé tu cuerpo, la forma en que reaccionaste... eres dulce y ardiente Angelet y no debes sentir culpa ni vergüenza por ello. ¿Recuerdas lo que te dije un día? Que nada de lo que pasara en esta cama debía escandalizarte, nada...

Y tras decir eso se escuchó la campanilla desde el comedor anunciando que la cena estaba lista.

UNA SEMANA DESPUÉS mientras daba un paseo por la pradera aprovechando los pocos rayos de sol de la mañana tuvo un encuentro inesperado.

A Stonehill solían llegar forasteros para contemplar el paisaje y pedían permiso a Praxton para seguir pues esas eran sus tierras, aunque no todas estaban alambradas (él estaba abocado en esa tarea algo cansado de los intrusos) así que seguramente ese jinete podía ser un vecino o un viajero de paso que recorría Dartmoor muy confiado.

Se equivocaba, no era un viajero sino su hermano Richard. Lo reconoció apenas estuvo a media milla de distancia, su porte, sus gestos, hasta la forma de montar le resultaba familiar.

Tembló cuando se acercó a ella de forma furtiva.

—¡Dios santo, Richard! ¡Qué susto me has dado! —Angelet estaba asustada—No puedes estar aquí, Praxton se disgustará. Vete por favor.

Su hermano era orgulloso y sabía que en otras circunstancias se habría marchado, pero al parecer algo muy urgente lo había llevado a las tierras de su enemigo y ella no tardó en enterarse.

—Angelet, escucha... Sólo vine a pedirte que encuentres el documento que condena a nuestro padre a la cárcel por ese mal negocio. Praxton lo tiene en su poder y se ha negado a cumplir su palabra, no quiere entregarlo. No es justo. Nos ha engañado a todos. Dijo que luego de la boda... escucha, no tengo tiempo, debo irme ahora. Sé que tu marido nos odia, pero no permitas que nos haga esto. Tú eres una Hampton y no puedes permitir que ese malnacido envíe a nuestro padre a prisión.

Angelet tembló.

—Pero no entiendo... Nuestro padre es inocente, siempre lo ha dicho, pero...

—Por supuesto que lo es, pero ese demonio le tendió una trampa. Maldita la hora que os vio en esa fiesta... Mi querida hermana, te ves tan triste caminando sola por estas tierras... pero no temas. En cuanto consigas el documento entrégamelo, convence a tu marido de que te deje venir a Forest o envíalo por correo. O destrúyelo. Lo que sea, pero hazlo. Sólo entonces nuestra familia estará a salvo y tú también... podrás ser liberada de ese malnacido y regresar a casa. Sé que debes estar sufriendo Angie, pero sé fuerte ¿sí? Tu sufrimiento tendrá fin, sólo consigue ese documento, búscalo, debe estar en alguna parte. No permitas que nuestro padre sea llevado a prisión.

Tras decir eso espoleó su caballo negro y huyó, huyó al galope hasta convertirse en un punto oscuro en el horizonte.

Angelet se quedó con la mirada fija en la distancia y tan asustada como perpleja pues pensó que su marido había enviado el documento a su padre luego de que su matrimonio fuera consumado, así lo había prometido. ¿Por qué no lo había hecho?

Pues ella no podía tomar ese documento y entregarlo en Forest Manor, jamás lo habría hecho.

Su familia creía que ella ansiaba librarse de Praxton, que lo odiaba y estaba sufriendo al tener semejante marido.

Pero Angelet sabía que eso no era verdad y que su vida había cambiado por completo. Stonehill se había convertido en su hogar y él en su hombre, su marido en todo el sentido de la palabra.

Las noches de pasión, los momentos compartidos la llenaron de rubor.

Por cierto, que no tenía pensado abandonar a su marido. En realidad, nunca pensó hacerlo, fue su padre que supuso que ella pediría el divorcio por eso la casaron en Escocia.

"Debes hacerlo por nuestra familia Angie, no permitas que nuestro padre vaya a prisión..."

Un nudo angustia se instaló en su garganta al recordar esas palabras y pensó que su paseo matinal se había arruinado y emprendió el camino de regreso más angustiada que antes. ¿Qué debía hacer ahora? ¿Acaso le diría a su marido que acababa de recibir la visita de su hermano pidiéndole que tomara el documento que condenaba a su padre por estafa? Diablos, no... no podía hacer eso, pero... ¿Acaso Praxton pensaba enviar a su padre a prisión?

No, su esposo no haría eso. Era su suegro y, además, no lo odiaba tanto. Sólo había querido cobrar una deuda y ella había sido el pago de dicha deuda...

Saber eso le provocó cierta rabia, pero luego comprendió que luego de ser rechazado y de amarla así, con tanta locura y desesperación, no había tenido alternativa. Y no la había desposado por su título ni por la dote que jamás había recibido, sólo por ella...Porque la deseaba y la amaba locamente.

Cuando entró en la casa regresó a sus aposentos para escribir una carta a sus padres.

No, no podían pedirle que hiciera semejante cosa, ella no era una ladrona.

Intentó serenarse.

Diablos no podía escribir eso.

El papel de su escritorio fue arrojado al fuego.

Estaba helada, mejor sería acercarse y extender sus manos y olvidar ese asunto. Ella no buscaría el documento ni haría nada porque si su marido se enteraba que su hermano había ido a buscarla para hacerle semejante pedido...

—Lady Angelet... acaba de llegar una carta para usted—dijo el ama de llaves con expresión torva.

No la miraba así, era su cara de siempre ya se había acostumbrado a verla. Les recordaba mucho a las monjas francesas que había visto en su viaje a Paris hacía años: poco agraciadas y de semblante alerta y una mirada oscura y torva. Así era la señora Richardson, el ama de llaves.

La joven tomó la carta y al abrirla supo que era de su prima Beth felicitándola por la boda y pidiendo que fuera a visitarla. Su vida en Cumbria era difícil, el frío del invierno invadía cada confín y hasta había unas partes del condado que quedaban aisladas por la nieve.

Se distrajo leyendo su carta y de pronto escuchó sus pasos. Sabía que su esposo estaba cerca y sonrió al verle llegar.

No tuvo valor para hablarle de la visita de su hermano ni tampoco de preguntarle por qué todavía conservaba el documento.

Tal vez luego, pero...

Lo cierto es que nunca encontró el momento oportuno para hacerlo.

Días después recibió una carta de su madre.

"Mi querida niña:

Te ruego me disculpes por no haberte escrito antes es que he estado ausente estas semanas pues tuve que viajar a Dorset a visitar a mi hermana Claire pues estaba enferma... Tengo una buena noticia que contarte, tu hermano se casará el año próximo con Edelaine, han fijado fecha para el diez de abril, espero que puedas asistir..."

La carta no mencionaba el documento, pero le pedía amablemente que fuera a visitarla. Y no mencionaba a Praxton, como si diera por sentado que su hija iría sola.

Este la miraba muy atento terminando su desayuno.

—Es mi madre... quiere que vaya a visitarla.

Esa frase provocó un cambio notable en el semblante de Elliot.

—¿De veras? Bueno, al fin se acuerda que tiene una hija... ha pasado semanas sin dignarse a contestar. Llevamos dos meses casados y jamás ha venido a verte ni...

—Pero me pide que vaya a verla...

—¿Quieres ir a visitar a tus padres?

Angelet asintió.

—Está bien, en unos días cuando el tiempo mejore iremos. No irás sola, preciosa.

—¿De veras, me llevarás?

—Por supuesto, iremos a visitar Forest Manor.

Los ojos de la joven brillaron con intensidad, de pronto tuvo miedo que esa visita avivara el fuego y sus padres riñeran con Praxton. No deseaba que eso pasara.

Por eso la visita a sus padres se postergó.

Los días se hicieron más fríos y comenzó a llover.

Envió un mensaje a su madre diciéndole que en cuanto pasara la lluvia iría, pero...

Era maravilloso tenerle para ella sola.

Pasaban el día entero en sus aposentos haciendo el amor, charlando, riendo. Oh, no podía escapar de él, cuando intentaba salir de la cama con cualquier excusa él la obligaba a regresar. Estaba desnuda y no la dejaba vestirse, le encantaba deleitarse observando cada rincón de su cuerpo y con la imagen reflejada en el espejo se acercaba y le hacía el amor.

Angelet se excitaba viendo cómo sus besos recorrían su cuerpo hasta que su miembro duro y poderoso la atrapaba, la tendía de lado, de espaldas, gemía al sentir que entraba en su vientre desde otra posición llenándola por completo, haciéndole sentir cada milímetro de su virilidad rozándola sin piedad una y otra vez hasta que su semilla se perdía en lo profundo... y entonces la apretó contra la cama y gimió diciéndole que nunca antes había sentido algo tan fuerte por una mujer...

Angelet sonrió exhausta y mareada. Débil... no podía más. Había sido tan fuerte que casi se desmaya.

No era la primera vez sentía esos mareos y pensó que era el cansancio.

—Tranquila, mírame, respira hondo, preciosa—le respondió.

Ella obedeció y él la ayudó a incorporarse con dos almohadones y fue un trozo de cartón para abanicarla.

El mareo pasó y de pronto supo lo que pasaba casi al mismo tiempo que él notara el cambio en su cuerpo acariciando su vientre despacio.

—Preciosa... tu vientre... hay un bebé en él y es inmenso. Mira... ¿lo sientes?

Angelet lloró emocionada al sentir sus manos acariciar su vientre mientras su boca la besaba.

Era verdad, lo sospechaba, hacía más de dos meses que hacían el amor y desde entonces su regla no había llegado. Por eso los mareos y las náuseas a media mañana.

—Oh Elliot, un bebé... —susurró.

Él sonrió.

—Y presiento que te lo hice durante nuestra noche de bodas, ángel, lo hice...

Pero ella estaba asustada, temía al parto y volvió a llorar. No, no quería tener un bebé ahora pensó y su rechazo duró días, semanas en las que estuvo postrada suspendiendo no solo la visita a casa de sus padres, sino que tuvieron que llamar al doctor porque los síntomas eran cada vez más frecuentes. Mareos y horribles vómitos a media mañana que la dejaban postrada y con dolor de cabeza.

El médico la examinó y confirmó su embarazo y le recetó un tónico. No había más para hacer.

Debía descansar, beber mucha agua, tomar sopa y alimentos livianos y esperar que los síntomas desaparecieran.

Durante casi tres semanas estuvo así y él sólo se acercaba para besarla y consolarla, casi se sentía culpable de ser tan feliz sabiendo que le daría un hijo al verla tan desganada.

No le hizo el amor.

Se moría de ganas, pero Angelet pasaba durmiendo, mareada y enferma.

Hasta que los malestares desaparecieron y su vientre fue volviéndose redondo lentamente.

Al fin se despertó sin sentirse mareada, sedienta y con mucho apetito.

Comer le dio energía y pudo recuperar el peso que había perdido con los vómitos.

Entonces vio su mirada llena de deseo al entrar en la habitación. Su doncella la ayudaba a cepillarle el cabello y él la miraba como un lobo hambriento.

Angelet se excitó al sentir su mirada, sintiendo que el deseo que sentía por él había permanecido dormido todo ese tiempo, pero ahora al despertar sintió que tal vez no fuera prudente. Tenía un hijo en su vientre y... no sabía si debía hacerlo. El médico no se lo había prohibido, pero ¿cómo iba a preguntarle eso? Habría muerto de vergüenza.

—Estás hermosa ángel... me alegra verte mejor, ese color en tus mejillas...

Ella se ruborizó aún más al oír sus palabras y cuando se acercó y la besó con suavidad respondió a sus besos rodeándole con sus brazos sintiendo como el calor volvía a su cuerpo, el calor y el deseo.

—Ángel... me muero por hacerte mía, pero... temo que el bebé, aún es muy pequeño y...

Ella tembló al ver que vacilaba.

—Ven... me muero por estar contigo, todo este tiempo no... me sentía tan mal que no podía moverme ni...—dijo ella suplicante.

Él la besó y le quitó el vestido, no pudo resistirse. Ambos estaban asustados, pero lo deseaban tanto...

Su cuerpo de figuras llenas lo tentó y atrapó sus pechos. Pensó que sólo serían caricias, que la devoraría hasta satisfacerla y luego...

Atrapó sus pechos redondos y tan llenos y los besó y apretó con suavidad.

Angelet se rindió a sus caricias, no tenía fuerzas para negarse, su mente era un torbellino y pensó que no pasaría nada. Su boca la devoraba y ahora se deleitaba con el néctar de su respuesta. Sintió que se relajaba y caía hacia atrás abriendo sus piernas despacio mientras su lengua la devoraba por completo y sus labios se plegaban a ella con fuerza...

No, no podía resistir más, sintió que su cuerpo se mecía y luego estallaba de placer mientras él no se apartaba un ápice hambriento de ella y desesperado...

Tanto tiempo sin hacer el amor, ¿cómo había aguantado? Angelet casi le rogó que entrara en su cuerpo, lo quería sentir, aunque fuera un poco si tenía miedo...

Elliot estaba tentado. Ahora era ella quién lo envolvía con su boca y suaves caricias empujándole al placer con sus movimientos suaves y la visión de su cuerpo tan dulce y femenino.

No podía negarle nada, nunca podría en realidad.

El médico había dicho que podían tener intimidad, pero no a diario y con la debida delicadeza. ¡Ni que sospechara que copulaba como un demonio y lo hacía a diario con su esposa!

Sin embargo, tenía miedo y de no haberle suplicado tal vez...

—Angelet escucha... si sientes algo si pasa algo que...

Ella sonrió contenta de salirse con la suya, lo necesitaba, necesitaba sentirle en su cuerpo, disfrutar ese instante de unión profunda.

Pero Elliot fue muy despacio y se mantuvo alerta por si acaso ella se quejaba o lo detenía. Nada de eso ocurrió, fue un reencuentro maravilloso y luego de esa noche volvieron a tener intimidad casi a diario.

YA NO TENÍA EXCUSAS para no ir a Forest Manor, el médico dijo que podía realizar paseos, pero su esposo se opuso, temía que perdiera al bebé así que tuvo que resignarse a permanecer confinada en sus aposentos y solo recorrer los jardines muy de vez en cuando.

El invierno tocaba a su fin, pero le costaba decirles adiós y Angelet se sintió inquieta porque su madre no había respondido su última carta y...

A veces pensaba en ese documento que obraba en poder de su esposo. No creía que él fuera a usarlo por supuesto, pero pensó que era justo que su padre lo tuviera en su poder pues a fin de cuentas él había cumplido con su parte entregándola en matrimonio y, además, estaba embarazada y había sido una buena esposa... ¿Por qué no podía dejar atrás antiguos rencores y olvidar ese asunto?

No era sencillo hablar del tema con su esposo, nunca hablaban de sus padres ni tampoco de ese documento, pero...

Por fortuna sus amigas la visitaban a veces y un día apareció Clarise, escoltada por su doncella.

Una visita que la emocionó hasta las lágrimas.

—Angie, ¿qué tienes? —su hermana se asustó y miró a su cuñado con cautela.

Elliot la saludó cordial invitándola a acompañarles hasta el comedor, pero una nueva visita atrajo su atención: una tía anciana que había hecho un largo viaje para conocer a su esposa y las dejó a solas para que conversaran.

Angelet secó sus lágrimas al tiempo que reía.

—Disculpa Clarise... es que hace tanto que no os veía...

—Angelet... os veis distinta. Habéis engordado, pero tenéis las mejillas rosadas. Ciertamente que no se os ve como una esposa casada con un demonio—opinó su hermana menor.

Angelet no supo si reír o llorar y optó por gruñirla.

—Deja de decir tonterías, mi marido no es un demonio. Al contrario, él... ha sido muy bueno conmigo.

—¿De veras? —Clarise parecía francamente sorprendida—Angie... no me mires así, pero... he venido a escondidas. Papá no sabe que estoy aquí.

De nuevo la historia del documento. ¿Entonces no lo había encontrado?

—Es que no puedo hacer eso, por favor entiende que... Pero prometo que hablaré con Praxton, le pediré que entregue el pagaré a nuestro padre.

—¿Lo harás?

—Sí, lo prometo. Es que...

No podía contarle que estaba embarazada, no quería que su hermana pensara que... había dormido con su esposo. ¡Qué vergonzoso habría sido eso! Ninguna dama hablaba de su preñez y todas se recluían en sus mansiones cuando el embarazo comenzaba a notarse.

—Es que he estado resfriada y luego...—contestó evasiva.

—¿De veras? Pero se te ve muy saludable y... Angelet, tu escote parece a punto de estallar, ¿qué ha pasado contigo?

Su hermana mayor enrojeció y fue como regresar a los viejos tiempos. ¿Cómo se atrevía a decirle que estaba más gorda primero y que sus pechos se veían enormes?

—Con esos modales no me extraña que todavía estés soltera hermanita—tuvo que decirle.

Los ojos celestes de su hermana sonrieron.

—Pues te equivocas, tengo un nuevo pretendiente que... está a punto de pedir mi mano.

Luego de hablar más de quince minutos sobre un tal lord Ackerman se dignó a decirle que su madre estaba bien y le enviaba cariños.

—Justin ha preguntado por ti, está muy preocupado y quiere que... te envía esta carta.

Angelet tomó la carta vacilando y al oír pasos la escondió en la manga de su vestido preguntándose por qué le habría escrito una carta, resultaba algo extraño.

—Sigo pensando que hay algo distinto ahora te ves como una dama casada—dijo de pronto su hermana menor.

Angelet le dirigió una mirada rápida.

—Por supuesto, es lo que soy hermanita. Una mujer casada.

—Bueno, al menos no te golpea ¿verdad?

—¡Por supuesto que no! ¡Deja de decir tonterías! Mi esposo es un caballero y jamás...

—¿Y cómo hiciste para que tu matrimonio no se consumara? Sabes que debes guardarte porque de lo contrario la anulación...

—¡Cállate Clarise, eres realmente un incordio!

Su hermana la observó y de pronto tuvo la sospecha que su hermana sí había consumado su matrimonio y diablos, ardía de curiosidad por saber cómo había sido pero claro, ella jamás le habría contado nada.

¿Pero qué pasaría si al final el matrimonio había sido consumado? Sus padres no habían considerado esa posibilidad ni tampoco Justin.

Justin quería ayudar a su hermana a escapar del demonio de Dartmoor, estaba decidido a hacerlo.

—Angie, debo irme ahora—dijo entonces algo incómoda al ver entrar a su temible cuñado.

De pronto recordó algo y buscó en su carterita. ¡La carta de su madre! Diablos, por poco lo olvidaba.

Angelet tomó la carta encantada y la guardó, pues luego de despedir a su hermana regresó junto a Elliot pues una tía había ido desde muy lejos a conocerla.

La visita de su hermana la había dejado inquieta, nerviosa y se preguntó por qué no fue capaz de decirle que estaba esperando un bebé pues tuvo miedo de que quisiera saber con detalle cómo había sido eso, era muy capaz... Debió hacerlo, para que ella les avisara a sus padres. Era tiempo de dejaran de pensar que ella quería el divorcio. Pues les escribiría una carta y listo.

Las cartas del enamorado secreto

A LA MAÑANA SIGUIENTE luego del desayuno recordó que tenía dos cartas para leer y regresó a su habitación a buscarlas.

Pero sólo encontró la de su madre, la de Justin apareció media hora después junto a la ropa para lavar pues la había dejado en su vestido.

Tomó la carta aliviada de manos de una de las fregonas y suspiró.

No imaginaba qué querría decirle Justin y buscó un lugar privado para leerla. No era muy prudente hacerlo, ni que él le escribiera ni que ella leyera una carta de su antiguo enamorado pero lo cierto es que la mataba la curiosidad.

"Querida Angelet:

La vida nos empuja por caminos que no queremos seguir y no hay nada que podamos hacer para evitarlo. Temo que deberé regresar a la India en una semana para reunirme con mi familia pues nada me ata ya a estas tierras. Asuntos apremiantes me obligan a regresar a Oriente, Dios sabe que no deseo hacerlo, pero es necesario.

Quisiera despedirme de ti y desearte lo mejor pero dos veces me han negado la entrada en Stonehill y no fui recibido. Dijeron que estabais enferma y eso me ha angustiado mucho por eso he avisado a vuestros padres. Nadie ha tenido noticias vuestras en mucho tiempo y eso acongoja mi corazón aún más pues temo lo peor, pero os aseguro que si ese malnacido Praxton os ha hecho daño no habrá lugar en el mundo en que pueda esconderse..."

La carta terminaba de forma abrupta como si lamentara haber escrito esas cosas.

Luego comprendió que su rabieta era causada porque dos veces quiso ir a despedirse y no le permitieron entrar en Stonehill. Su esposo no le había comentado nada de esa visita ni le hizo preguntas al respecto.

Entonces oyó unos pasos y notó que su esposo estaba pálido y nervioso y se asustó. ¿Acaso había pasado algo?

—Elliot...—murmuró y entonces notó que él observaba la carta que sostenía en sus manos con fijeza.

—¿Entonces tienes un enamorado secreto preciosa, que te envía cartas a Dartmoor y no me has contado nada? ¿Qué significa esto? Una esposa no debe tener secretos con su marido. ¿Y tú lees sus cartas a escondidas?

Rayos, ¿cómo podía decirle eso?

—¿Enamorado secreto? ¿Cómo puedes pensar que tengo enamorados? Elliot, mi hermana me trajo dos cartas ayer una de mi madre y otra de un viejo amigo. Justin. Dijo que vino a despedirse porque regresa a la India y...

Le enseñó la carta para que viera que no mentira, rayos, no podía estar pasando eso. ¿Acaso la acusaba de ser una coqueta descarada y mantener en secreto las cartas de amor de otro hombre?

—Pues jamás estuvo aquí ese hombre, preciosa, está mintiendo—dijo luego de leer cada línea de la carta de Justin.

—Pero él dice...

—¿Acaso crees que miento? De haber estado aquí le habría dado una paliza por entrometido. ¿Quién es este sujeto? Jamás lo había sentido nombrar ¿y dices que es tu amigo? —Praxton hervía en el infierno de los celos y no pensaba rendirse hasta saber toda la verdad.

—Justin Blake es el mejor amigo de mi hermano Richard, querido. Él regresó hace meses de la India y fue a visitarnos. Fue él quien descubrió que mi prometido tenía una esposa viva y escondida.

—¿Así? Vaya. Qué hombre tan sagaz. Se preocupa mucho por ti y hasta dice que me hará pagar si soy un esposo cruel y malvado.

—Es que todos creen eso, Elliot, pero sé que no es verdad sino muy injusto que...

—Bueno, dejemos ese asunto Angelet. Ahora dime quién es este misterioso enamorado que os escribe y envía estas cartas de amor. Es la tercera que llega a Dartmoor y nadie sabe ni cómo aparecen en la bandeja de plata del hall. Están allí, llegan como fantasmas y van dirigidas a ti. ¿Tienes un enamorado secreto y jamás lo has mencionado?

Su marido le entregó las cartas, una de ellas sí la había leído, la primera y pensó que sería de su esposo.

—Pero tú me escribías estas cartas en el pasado, son idénticas. ¿Es que lo has olvidado? Tengo todas las cartas de mi enamorado secreto. Él único enamorado secreto que he tenido has sido tú querido. Nadie más. ¿Por qué me dices estas cosas como si fuera una coqueta? No soy una coqueta ni jamás... Pues dime tú qué son estas cartas Elliot Praxton. ¿Quién las envió? Tengo todas tus cartas guardadas y al parecer alguien... sólo pienso si alguien sabía de esas cartas y las ha copiado para... Ignoro con qué fin, pero no me agrada.

Su esposo la miró con fijeza.

—Preciosa, yo te envié cartas hace meses sí ¿pero crees que estaría tan loco de enviártelas ahora? Lo hice para conquistarte primero, y luego en un intento de arruinar tu compromiso con ese hombre soberbio de Cumbria. Pero al parecer alguien desea que crea que tienes otro enamorado escondido.

—No tengo ningún enamorado escondido y si lo tuviera, ¿crees que querría prestarle atención? Sólo llegó a mis manos una de estas cartas y pensé que habías sido tú. Había una rosa junto con la carta y pensé que era un gesto muy bonito y perdóname, pero olvidé preguntarte, no te lo dije por un simple olvido, nada más. ¿Cómo puedes pensar que sería capaz de engañarte, Praxton? ¿Acaso no he sido tu esposa y me he entregado a ti en cuerpo y alma desobedeciendo los consejos de mis padres? Ellos querían que pidiera la anulación, dijeron que si no consumaba mi matrimonio la tendría. Confieso que al comienzo desee seguir sus consejos, estaba tan asustada y pensaba que tú me odiabas porque era la hija de tu peor enemigo, pero...

Angelet lloró y él la abrazó desesperado.

—Perdóname... Jamás pensé eso de ti ángel, pero... Me volví loco de pensar que hay otro hombre intentando conquistarte a mis espaldas y... Ven aquí.

Angelet se resistió, pero él le robó un beso y entre forcejeos la llevó a la cama pidiéndole perdón, diciéndole cuánto la amaba.

—Jamás te dejaría ir preciosa, eres mía para siempre, tan mía... me volvería loco si te perdiera y juro que encontraré al autor de estas cartas y le daré su merecido. No puede hacer esto. Ven aquí...

Angelet se dejó llevar por sus besos, pero lloró mientras le hacía el amor pues todavía le dolía que hubiera insinuado que era una coqueta que disfrutaba recibiendo cartas de su enamorado. No era así, no existía tal enamorado y cuando sintió que entraba en su cuerpo lo abrazó con fuerza y volvió a llorar.

—Nunca más vuelvas a llamarme coqueta, Elliot Praxton—le advirtió.

Él sonrió y le dio un beso profundo y salvaje.

—Perdóname ángel, no quise decir eso. Estaba nervioso porque sé que no soy el marido que tú te mereces, no soy rico ni tampoco tengo modales de caballero. Pero te amo, te amo y daría mi vida por ti, lo haría... y si algún día tu familia te convence de que me abandones creo que te amarraría a la cama para que no lo hicieras.

Ella lloró al sentir la vehemencia de sus palabras.

—¿Es que todavía no entiendes que estoy atada a ti Elliot y que te amo? Te amo demonio de Dartmoor... y te aseguro que ni siquiera conocía el significado de esa palabra hasta que me convertiste en tu mujer esa noche... y ahora sé que el amor nace sin que lo notes y que no es lo mismo amar a un amigo que a un esposo. Jamás sería lo mismo y duele tanto a veces... Ahora lo siento aquí. Un dolor espantoso de pensar que tú me llamaste coqueta sin saber lo que siento por ti. Tú me robaste el corazón Praxton, lo hiciste y sé que nunca querría vivir sin ti, jamás...

Una emoción intensa lo embargó al oír esas palabras y sus ojos brillaron como si una lágrima quisiera salir, pero no era un hombre de dejarse llevar por sus emociones, desde niño había aprendido a no llorar y no pensaba hacerlo ahora.

Sin embargo, su voz lo delató pues tembló y cambió mostrando la emoción intensa que lo sacudía como un rayo.

—Preciosa, me hace tan feliz oírlo de tus labios. Mi ángel... ¡Te amo tanto! Pensé que nunca te oiría decir eso.

Ella secó sus lágrimas y sonrió y él la apretó contra la cama para expulsar su placer, volvería a hacerle el amor, no la dejaría escapar. Nunca lo haría...

PERO LAS CARTAS HABÍAN sembrado la intriga y la duda. ¿Quién era el autor de las falsas cartas de amor?

Elliot pensó que la familia de su esposa lo había hecho, no tenía dudas, pero Angelet pensaba que no serían capaces, ¿o sí? ¿Por qué lo harían? Bueno en realidad tenían motivos de sobra. El bendito documento que condenaba a su padre a prisión. Aún no lo tenían en sus manos y eso generaba rabia y malestar.

Praxton pensó que lo hacían para sembrar dudas y riñas.

—Nunca quisieron esta boda, ¿lo olvidas?

Angelet buscó las cartas de su enamorado secreto y se las entregó a su esposo a media tarde luego de dormir una siesta, días después.

—Aquí están, querido. Las guardé todas, algunas son algo extrañas sí, pero... Mis padres querían que las tirara, pero fui incapaz de hacerlo.

Elliot las tomó en sus manos y comenzó a leerlas. Reconoció su pluma por supuesto.

Angelet sonrió y se refugió en sus brazos medio desnuda. Acababan de hacer el amor y se moría por hacerlo de nuevo. Una vez era muy poco... para ambos lo era.

—Quedé enamorada de tus cartas Elliot, eran tan bonitas y... a pesar de que mi padre me prohibió leerlas y hasta quiso que las rompiera y arrojara al fuego no lo hice. Las conservé. ¿Tú escribías esa poesía?

Elliot sonrió.

—No, eran fragmentos de poemas que encontré un día en la biblioteca de autores anónimos. Pero me gustaron tanto que pensé que debía escribírtelos—dijo y la besó—Preciosa, me muero por hacerte el amor de nuevo.

Angelet se sonrojó, pero entonces algo pasó que postergó ese nuevo encuentro. Praxton descubrió una carta que no había sido escrita por él.

—Observa preciosa... no es mi letra ni lo que dice. ¡Demonios! Debe haber otra...

Angelet se asustó con ese descubrimiento. Le parecía muy extraño que otro hombre también le escribiera cartas de amor.

—No puede ser querido, es tan extraño, tan inquietante.

—Sí que lo es, pero mira, hay otra... Y tal vez haya más. Debo revisarlas todas.

Y la diferencia era notoria, no sólo por la caligrafía más irregular sino por el contenido.

—La letra es la misma, ese impostor te escribió varias cartas. ¡Rayos! Cita frases de poesía de Byron y de William Blake y hay una frase recurrente, mira aquí: remarca la expresión de que no os ha olvidado y sus poesías hablan del amor no correspondido que le corroe el alma. Yo nunca os escribí eso.

Angelet se estremeció al leer esas líneas porque la poesía de Blake era oscura y cínica.

—Es verdad y las fechas son distintas. Praxton, él me escribió antes que tú lo hicieras por primera vez y por eso... Temo que sus cartas fueron las más extrañas y desconcertantes. Las que escribías tú eran más breves y románticas por eso no entendía sus cambios de humor. Pero dime algo, ¿los regalos en mi cumpleaños y en navidad fuiste tú?

Su esposo sonrió con picardía.

—Os regalaba rosas y bombones porque sabía que os gustaban mucho sí.

Ella sonrió feliz.

—Entonces tengo la certeza de que fueron tus cartas y regalos los que ganaron mi corazón Elliot... y esperaba cada carta con ansiedad, lo confieso y las escondía para que nadie lo descubriera.

—Preciosa, estabas destinada a mí, lo supe desde el primer día que te vi. Ven aquí... me muero por hacerte el amor de nuevo, no escaparás...

Angelet rió al sentir que los besos en su cuello le provocaban un cosquilleo intenso, intenso como el deseo que sentía por él.

ANGELET ESCRIBIÓ A Justin diciendo que lamentaba que no pudiera despedirse y le deseaba lo mejor en su viaje. Enviaba cariños a su familia y... No supo qué más escribir.

Su esposo le había asegurado que jamás estuvo en Dartmoor, pero tal vez no llegó a saber que era un viejo amigo pues los sirvientes de la mansión vigilaban con mucho celo los campos para evitar la entrada de intrusos.

Luego pensó en esas cartas mientras escribía a su madre anunciándole que tendría un hijo para comienzos de otoño. No podía ocultarlo más y ya no le importaba que la odiaran por haber desobedecido sus órdenes.

Empezaba a sentir el bebé en su vientre y su presencia la colmaba de tanta paz. El médico dijo que su corazón se oía fuerte y saludable y era maravilloso que pudiera sentir sus latidos a través de ese extraño aparato.

La primavera era especial en Dartmoor y le gustaba observar el paisaje cubierto de flores y plantas mientras daba pequeños paseos matinales. Marzo estaba allí en todo su esplendor.

Era feliz, tan feliz y no pensaba que el asunto de las cartas de su enamorado misterioso fuera algo a tener en cuenta. Debieron ser escritas por algún admirador lejano. Y las últimas seguramente imitaban a ese viejo admirador para sembrar peleas entre ambos.

Sin embargo, su esposo estaba empeñado en descubrir al autor de las mismas, no le agradaba nada ese asunto fuera broma o no.

Envió las cartas y luego regresó a sus quehaceres. Con ayuda del ama de llaves había aprendido a tejer zapatitos y ropa para el bebé que esperaba. Su madre no lo habría aprobado pues una dama sólo debía saber bordar y zurcir, una dama no podía ser una costurera, ese era trabajo para las criadas, pero Angelet quería hacerlo por sí misma y así ocupar las horas en las que se veía privada de su amor. Su madre se habría escandalizado de verla intimar con las personas de servicio, pero eran criados muy fieles y educados, el ama de llaves era una dama instruida cuyo padre se había quedado sin nada.

Además, descubrió que le encantaba tejer y hacer ropita de bebé y tuvo la ayuda no sólo del ama de llaves que tejía precioso sino de su doncella Maud encantada de colaborar, las tres pasaban largas tardes en el comedor charlando mientras completaban el ajuar del bebé que llegaría durante los primeros fríos del otoño.

Fue durante esas charlas que supo que su esposo había perdido una parte de su rebaño por el frío y los bandidos que asolaban la zona. Él no le había dicho nada, era tan reservado. Luego supo que eso no era todo y que esa estancia distaba mucho de ser el establecimiento próspero de antaño. Por eso Praxton jamás daba recepciones era muy escrupuloso con sus gastos, los evitaba de forma constante y también controlaba cada moneda que se gastaba en la propiedad. Pero Elliot había recibido una propiedad en las ruinas, su familia se había empobrecido y el legado de su tío no fue más que una propiedad en el norte que había vendido para saldar deudas de Dartmoor. Todo eso se lo contó el ama de llaves durante las tertulias de costuras y Angelet pensó que su marido distaba mucho de ser ese dandi que había conocido, alegre y despreocupado, sólo interesado en conquistar damiselas.

Y su padre le debía mucho dinero a su familia.

Su padre había involucrado al tío de Elliot en un negocio que no era del todo honesto, por decirle de alguna manera.

Sin embargo, no le había pagado y tampoco había reconocido su mala acción, ahora comenzaba a entender. Mientras su familia gozaba de una situación acomodada su esposo trabajaba día y noche para salvar Dartmoor Valley. Y ni un céntimo había reclamado de su dote ni su padre tuvo la gentileza de ofrecerle nada.

Pero a ella nada le faltaba y sentía que ese era su hogar, suyo, no de los Hampton sino de Elliot, suyo y del bebé que crecía en su vientre. De pronto tuvo la sensación de que nunca había tenido un hogar y resultaba desconcertante pues Forest Manor lo había sido durante muchos años sin embargo no lo echaba de menos.

Pensó que su felicidad sería completa cuando naciera su hijo y hablando con el ama de llaves supo que conocía a una comadrona que vivía a unas pocas millas en el pueblo.

—Es la naturaleza señora Praxton, no debe estar asustada—le dijo en una ocasión—Además usted es una dama saludable, tiene muy buen color, eso es un buen síntoma.

Angelet sonrió, pero el parto le daba miedo, temía no sólo al dolor sino a perder a su bebé como ocurría algunas veces. Pero debía pensar que todas las mujeres daban a luz en algún momento y todo el tiempo nacían niños saludables.

La llegada de Elliot la distrajo y sus ojos se iluminaron al verle. Qué guapo estaba con el cabello alborotado y el impecable porte... así lo vio en Londres, pero su presencia la ponía tan nerviosa, aún ahora podía sentir su corazón latir acelerado cuando lo veía.

—Ángel, ven aquí, deja eso... —le dijo él al oído.

Ella sonrió y lo acompañó a sus aposentos mientras el ama de llaves guardaba la ropita del bebé en una caja.

UNA SEMANA DESPUÉS, llegó un hombre joven y sonriente, de impecable porte y dos grandes maletas a Dartmoor valley con intenciones de quedarse, era Andrew Kellington un notable abogado de Londres a quién Praxton había encargado la investigación de las misteriosas cartas.

Praxton fue a recibirle montado en su semental azabache con la esperanza de que tuviera alguna novedad al respecto, pero pronto comprendió que no era mucho lo que su amigo sabía del asunto todavía pues había pedido la intervención de un detective para saber exactamente quién pudo haber enviado las cartas. Era un caso difícil pues no habían sido escritas recientemente.

—Pero sí tengo buenas noticias con respecto a tu herencia amigo, que te dejarán muy conforme, espero.

El abogado entró en la mansión y luego de tomar un refrigerio le enseñó los documentos sobre una cuenta bancaria que su padre había dejado si las cosas en Dartmoor no iban tan bien. Por alguna razón esa cuenta no figuraba en el testamento ni tampoco entre los bienes de la familia, pero Andrew fue notificado por el banco hacía semanas y pudo tener acceso a la información de la misma y luego elaborar un documento para transferir los fondos a su cliente: sir Praxton.

La cuenta bancaria ascendía a la suma de cincuenta mil libras esterlinas. Parecía una respuesta a sus plegarias, una ayuda desde el cielo... podría construir la cabaña, comprar más ovejas y también cercar para que esos bribones dejaran de robarle.

Y aún podría guardar una reserva para los malos tiempos.

—Y en cuanto a las cartas, investigué lo que me has pedido amigo y de acuerdo a la información que he recaudado...—comenzó mientras buscaba algo en su maletín—Pues no encontré pruebas definitivas de que las cartas fueran enviadas desde Londres, sino que... todo apunta a las inmediaciones de Forest Manor. Y algo más... la primera carta fue escrita hace más de tres años mucho antes que tú decidieras escribirle una carta a vuestra esposa. Se trata de un antiguo enamorado de lady Angelet y no... no es una venganza, ni tiene que ver con su familia como sugerías.

Esa información resultaba sorprendente.

—¿Dices que es un antiguo enamorado?

—Pues sí... luego de examinarlas con cuidado y de pedir ayuda a un amigo mío que es muy sagaz hemos sacado algunas conclusiones. Sospechamos que se trata de un pretendiente desairado, no correspondido y que además... Bueno, pues una de sus últimas cartas lo delata en cierta forma, quiero decir que pone en evidencia su propia locura pues él mismo escribe esta frase tan extraña de "a dónde va el amor cuando no es correspondido o algo así" léela tú mismo.

Praxton obedeció.

"Mi amada Angelet, no dejo de pensar en ti día y noche, de sufrir en silencio y atormentado, sin esperanzas... Me pregunto ¿a dónde va el amor cuando sabe que debe morir, a dónde irá este amor y este dolor tan grande que anida en mi pecho? Mucho temo oír la respuesta. El vacío, la rabia y el dolor finalmente darán cuenta de mi vida y temo que ya nada me importa ahora. Lo veo aquí y me atormenta. Veo el final y no me decido a seguir ese camino oscuro y triste que me aguarda de forma irremediable. Pero no permitiré que ese villano os haga sufrir, no lo haré."

—Aquí está el centro de la cuestión—dijo el abogado— es un enamorado que comprende al fin que ella no lo ama y que tal vez nunca podrá amarlo, y se pregunta qué hará con el amor que siente, en qué se convertirá y las posibilidades no son buenas, hace temer el suicidio o también... es extraño, ¿por qué le pide perdón a la joven a la que ama? ¿Qué planea hacer esta mente tan atormentada? Temo que este hombre intentará hacer algo, si no lo hizo en el pasado... tal vez en un tiempo venga aquí y mucho temo que cometa una locura si no lo encontramos antes.

—¿Tú lo crees?

—Sí... Él ha de saber que su amada contrajo matrimonio y eso debió ser doloroso de asimilar y luego, como si nada de eso hubiera pasado vuelve a enviarle una carta. ¿Con qué fin lo hace? ¿Provocar riñas maritales? No, lo que planea es estar presente en su pensamiento, sólo eso. Que no lo olvide.

Praxton suspiró molesto casi furioso.

—Debo encontrar a ese malnacido, no permitiré que entre a Dartmoor. Entonces... ¿Este hombre realmente cree que llegará al corazón de mi esposa con sus estúpidas cartas de amor?

—Pues al parecer sí... Cree que tú no la mereces, que eres un demonio y que su labor heroica será rescatar a su amada doncella del dragón. Lo hará... no permitirá que le robes a su amor porque al parecer él esperaba ser su esposo, en su loca fantasía de enamorado se sentía correspondido y por ello también tenía la ilusión de que su amada fuera suya un día.

—Es una locura, esto no parece real. ¿Quién demonios?

Se sintió inquieto y asustado, furioso de no saber quién era. Tenía sospechas, pero el problema era que su antiguo prometido la había conocido hacía poco más de un año y medio y su enamorado Justin había estado en la India desde hacía seis años. Regresó poco antes de su boda con Angelet y ese sujeto parecía adorarla, pero su letra era distinta a la de ese loco enamorado secreto. Había comparado ambas cartas y no había similitud y eso lo exasperaba pues quería saber quién estaba haciendo eso diablos. Era necesario.

Angelet negaba saber quién pudo escribirle esas cartas sin embargo dijo que en Londres había conocido a un poeta que le había escrito unos versos pero que luego nunca más había sabido de él. Así que era improbable que fuera el autor de las cartas.

Todo parecía señalar a la temporada en que su joven esposa fue presentada en sociedad, él también había estado presente y recordaba que todos pretendían a la joven de castaña cabellera y ojos topacio sin perderle pisada.

—Es muy raro... Pero creo que este hombre no es un desconocido, no puede serlo. Ponte en su lugar, Andrew —dijo de pronto— ¿Quién escribiría estas cartas? No pudo ser un pretendiente de Londres.

Su amigo concluyó que tenía razón.

—No... es alguien cercano, que conoce bien a Angelet y que siempre ha estado enamorado de ella en secreto. Un primo lejano, un amigo de la familia... Y temo que ese hombre busque la manera de acercarse a ella y el peligro no es que intente algo en su contra sir Praxton, sino que también puede hacerle daño a ella. Debería investigar el entorno familia de la joven. Sus hermanos, sus primos y tíos... Es algo incómodo lo sé, pero conocí un caso en que el hermano mayor siempre había estado muy apegado a su hermana y al llegar a la edad adulta se enamoró, estaba loco, no la veía como a su hermana era la mujer que amaba y cuando supo que iba a casarse con su prometido... pues la mató. Sí, no soportó la idea de perderla y la ahorcó.

—Eso es aberrante. Mi cuñado no... él está comprometido con una joven y no...

Praxton se negó a creer que Richard fuera un pervertido, no le creía capaz, pero de pronto tuvo dudas pues él siempre se opuso a su relación y lo apartó a golpes de su hermana. En una ocasión amenazó con matarle si se acercaba a Angelet.

¿Primos, o amigos de su hermano? Pues eso tendría más sentido.

—Sé que es grotesco, es horrible, pero... Un pretendiente normal se acercaría a la joven que tanto ama, buscaría la manera de cortejarla fingiendo amistad, no le escribiría misteriosas cartas para conseguirlo. Al menos no durante tanto tiempo, eso es lo más inquietante de todo... Entender sus razones pues me inclino a pensar que tal vez esté loco.

Se hizo un extraño silencio y Praxton sintió un escalofrío preguntándose por Angelet.

—Señora Richardson, ¿ha visto a mi esposa? —preguntó de pronto.

El ama de llaves hizo un gesto de sorpresa.

—Creo que salió hace un momento a dar su paseo matinal con su doncella. Aguarde, iré a ver, sir Praxton.

Pero Angelet no estaba en la casa ni en los alrededores.

Los criados fueron interrogados y su doncella Maud tampoco estaba, dijeron que la habían visto salir con la señora.

—Buscadla ahora, en todas partes. Revisad la casa...

Praxton reunió a sus criados para que lo ayudaran a encontrarla. Se dividieron en grupos y fueron por los caballos, una horrible angustia se apoderó de él al pensar que su esposa podía estar a merced de ese loco. Rayos, encontraría a ese malnacido, iría hasta el infierno a buscarlo y no descansaría hasta descubrir quién había estado asediando a Angelet. Demonios, había usado su mismo truco enviando cartas de amor para conquistarla. Y lo extraño fue que su carta de amor llegó mucho antes cuando su esposa tenía dieciséis años. Tal vez ella tuviera sus sospechas, pero no la certeza suficiente ni las pruebas para acusarle y ahora ese demente....

Miró a su alrededor alterado, aterrado de pensar de que ese malnacido pudo llevarse a su esposa y hacerle daño. Espoleó a su caballo con el rebenque y lo guió hacia abajo, hacia lo más espeso del valle. Y de pronto vio el vestido malva de Angelet y tembló avanzando como un endemoniado a su dirección. ¿Cómo demonios pudo caminar tanto en su estado? Se encontraba a más de tres millas de la casa. ¡Rayos! Y al parecer estaba sola... ¿Acaso estaba herida?

En un instante sintió que todo su mundo se abría a sus pies, no podía estar pasando...

Gritó su nombre a la distancia, pero la joven no se movió, como si no lo hubiera escuchado.

Avanzó como si lo siguiera el diablo a campo traviesa hasta que algo rozó su hombro al tiempo que oía la detonación y caía del caballo. Todo se oscureció alrededor mientras golpeaba su cabeza sobre la hierba y perdía conocimiento.

ANGELET LLEGÓ A FOREST Manor escoltada por su hermano y su doncella Maud temblando. Su hermano apenas le había dirigido la palabra en todo el viaje.

"Nuestro padre está muy grave Angie, debes acompañarme ahora" le había dicho en los jardines.

"¿Pero ¿qué ha pasado? Richard..."

Él no le dio mayores detalles, sus ojos miraron su vestido sin ocultar su disgusto. ¡Estaba preñada y su estado era notorio! ¿Cómo pudo ser capaz?

Angelet casi pudo leer sus pensamientos.

—Dios santo, ¿cuándo nacerá ese bebé Angie? —dijo de pronto durante el viaje.

Ella lo miró y enrojeció hasta las orejas mordiéndose el labio inferior.

—A comienzos de invierno.

Esa respuesta hizo que sacara cuentas de prisa.

—Vaya... entonces ese malnacido os dejó preñada poco después de vuestra boda, ¡qué desgraciado! ¿Cómo pudiste romper tu promesa hermana? ¿Cómo dejaste que eso pasara?

Angelet no respondió.

—Pues reza para que sea una niña, pues no soportaré que sea varón y se parezca a ese perro. Reza, Angelet.

Ella lo miró furiosa sin decir palabra, no podía creer que la enemistad perdurara con tanta vehemencia.

Cuando entró en Forest Manor lo hizo bastante nerviosa y alterada y eso no era bueno, su bebé se movía inquieto como si intuyera algo.

Ciertamente que no le agradaba saber que su familia estaba tan disgustada con su embarazo, pero entonces pensó en su padre y se estremeció. Estaba muy enfermo.

Su hermana menor fue la primera en aparecer para saludarla con una sonrisa cordial, en realidad fue la única que la felicitó por su estado y se alegró de verla, su madre sólo dijo: "Angelet... has venido". Nada más. Sus ojos parecían evitar mirar su vestido que delataba a las claras su preñez.

Entró en la habitación donde yacía su padre con paso lento y entonces lo vio: pálido y demacrado, un doctor de lentes y cabeza de huevo estaba a su lado.

Nunca lo había visto así. Se veía realmente enfermo. Pero ¿por qué no le habían avisado antes? ¿Qué demonios había pasado? Él siempre había tenido tanta salud, jamás enfermaba.

—Angelet, acercaos—la retó su hermano.

Ella obedeció, pero su presencia pareció empeorarlo todo, pues el médico anunció con expresión sombría que su padre deseaba hablar, pero no podía hacerlo.

No parecía enfadado, sus ojos la miraban con intensidad, pero sin poder hablar en realidad no sabía qué estaba pensando hasta que su hermano intervino.

—Esto ha sido obra de tu marido Angelet, él amenazó a nuestro padre con ese maldito pagaré y desde entonces no hemos tenido paz.

Su madre no dijo una palabra para defenderla ni tampoco su hermana Clarise y entonces fue Richard quién asumió el mando de la situación.

Angelet sintió deseos de correr, soportó demasiadas humillaciones ese día y ahora ver a su padre en ese estado la afectó. Sintió deseos de marcharse, pero no podía hacerlo, tuvo que quedarse hasta que su madre intervino.

—Angelet ven, en tu estado no es bueno que estés parada, siéntate aquí por favor.

Su padre la miró con rabia desde la cama siguiendo cada uno de sus movimientos.

Y de pronto cuando su hermano se acercaba a reprenderla, a echarle no sé qué sermón, comprendió que no debía hacerlo pues el estado de su hermana era delicado.

—Angelet, ve a descansar... No te ves muy bien. Clarise, acompañadla a su habitación.

La joven se detuvo aturdida.

—Es que no puedo quedarme hoy, mi esposo se preocupará —dijo.

—¿Vuestro esposo? Sabes lo que pienso de ese asunto ¿no es así? Prefiero callar por respeto a mi madre y por si lo has olvidado te recuerdo que nuestro padre está muy grave y debes quedarte aquí.

Angelet pensó que su hermano estaba nervioso por la situación, no hablaba en serio. ¿Qué podía hacer ella quedándose en Forest Manor?

—Ven, acuéstate Angelet, descansa. El viaje fue mucho para ti, no debió traerte, pero... es que papá tuvo un ataque y pidió verte—dijo su hermana con expresión consternada.

—El bebé se mueve mucho... tengo miedo, Clarise.

La jovencita palideció asustada.

—Aguarda, avisaré al doctor.

—No... Sólo avisa a mi esposo Clarise, por favor. Dile que venga a buscarme.

—¿A Praxton?

—Sí... ¿qué otro esposo crees que tengo?

Clarise abandonó la habitación asustada.

Pero nadie avisó a Praxton pues sir Hampton estaba muy grave al punto de entender que sus horas estaban contadas, y rayos, nadie estaba preparado para enfrentar esa situación.

Al enterarse Angelet se quedó acostada rezando por su bebé que no dejaba de patear y también para que su padre se salvara.

Pero sus rezos fueron en vano.

Dos días después su padre falleció sin poder despedirle, sin poder dicho una sola palabra ni tampoco sin haber hecho las paces como deseaba.

Durante sus funerales le extrañó que su esposo no hubiera ido, esperaba que olvidara sus antiguos rencores y estuviera a su lado. Pero Praxton brillaba por su ausencia, seguramente disgustado de que su visita se demorara tanto. Pudo al menos enviarle un mensaje, pero no lo hizo...

Su bebé estaba a salvo y eso era todo cuanto importaba ahora, el médico la había examinado y dijo que el corazoncito latía bien y que era normal que pateara y se moviera.

De pronto, cuando el cajón llegaba a la tierra divisó a Justin y tembló, no podía creerlo. Qué alegría le dio verle, pensó que estaría en la India...

Lo vio acercarse y no pudo evitar echarse a llorar cuando le dijo cuanto lo sentía por su padre que siempre había sido un buen hombre.

—Justin... gracias por estar aquí... pensé qué te habías ido de viaje—Angelet secó sus lágrimas.

No le salían las palabras y entonces lloró y él la abrazó. Fue la fuerza que le faltaba y que esperó encontrar en su esposo. ¿Aún estaría enojado? Oh, lo echaba tanto de menos.

Mientras regresaban a la mansión en esa triste procesión Angelet pensaba en Elliot y lo buscaba en la muchedumbre silenciosa que los acompañaba. Pero él no estaba por ninguna parte.

De pronto vio que su hermano sosteniendo a su madre que parecía a punto de desmayarse.

—Ven Angelet, no puedes caminar en tu estado—dijo Justin y ella lo siguió hasta el carruaje. Tenía razón, el bebé comenzaba a moverse y sintió un mareo tal vez por la fatiga y los nervios del momento.

LUEGO DEL FUNERAL ANGELET escribió una carta a su esposo para explicarle su demora, prometiendo que iría el sábado sin falta. Su falta de respuesta la angustiaba, ¿por qué no le escribía al menos un mensaje? ¿Tan enojado estaba?

En Forest había mucha tensión y ciertamente que ya no aguantaba quedarse un día más, pero... su madre se lo había pedido y estaba tan triste por la muerte de su padre, ella lo estaba, pero todavía no lograba hacerse a la idea, su cabeza era un completo embrollo. Y no quería echarse a llorar para no derrumbarse, pero para Angelet era un tormento permanecer tanto tiempo sin saber nada de su marido, encerrada en Forest, confinada a su habitación y vigilada por los sirvientes como si fuera una prisionera. No quería pensar en eso, pero por momentos tenía la sensación de que sí lo era.

Las cortinas quedaron echadas y sólo se recibían visitas de duelo.

Día tras día llegaban parientes lejanos y amistades del condado para ver a mi madre y presentar sus respetos.

Pero la llegada de los abogados causó cierta conmoción, como si su visita fuera inesperada y hasta desagradable.

Angelet se encontraba acompañando a su madre cuando los vio llegar vestidos de negro y reunirse luego con su hermano y Justin en la biblioteca.

Su hermana Clarise dijo: —Bueno, ahora sabremos cuál fue la última voluntad de nuestro padre.

A ella no le interesaba la herencia, sólo quería regresar con su esposo cuanto antes, pero las visitas de parientes lejanos y amigos no dejaban de llagar.

Así que optó por quedarse encerrada en la habitación pues tenía los nervios muy alterados a esa altura. No quería ver a nadie, a decir verdad.

Unos pasos en la habitación la hicieron comprender que no estaría sola como esperaba. Al parecer alguien la había seguido sin que lo notara.

—Están aquí...—dijo Clarise con expresión misteriosa—Ahora Richard será el nuevo conde de Hampton y eso no me agrada, Angelet.

Su hermana parecía angustiada y el luto acentuaba su expresión triste.

—Pero Richard siempre ha velado por nosotras, ¿por qué dices eso?

—Es que no me gusta nada... Justin está aquí, y el hermano de ese duende del bosque también, parece que traman algo.

El duende era su futura cuñada Edelaine.

—Ahora se casará con ella y nosotras...tendremos que irnos de aquí. Aunque por el luto esa boda será aplazada por suerte.

—¿Nosotras? Yo regresaré a Dartmoor con mi esposo, Clarise y no entiendo por qué estás tan asustada.

Su hermana menor guardó silencio como si supiera algo y no quisiera decírselo.

Angelet comenzó a preocuparse.

—¿Qué sabes tú de los planes de Richard? Dilo. Vamos. ¿Por qué temes que eso ocurra?

Los ojos celestes de su hermana se oscurecieron del susto.

—Nada... Es que sabes que nuestro hermano no es como papá y ahora que él no está... Él era mucho más mesurado, pero Richard y Justin...

—¿Y qué pasa con Justin? ¿Ahora dirás que también él es peligroso? Oh vamos, deja de inventarte historias.

Justin Blake había sido un buen amigo para Richard y para todos, era parte de la familia, y era quién controlaba a su hermano cuando este perdía los estribos.

—Angelet... Temo por ti, esa panza que tienes... parece que va a nacer en cualquier momento y mamá dice que tal vez sean dos—dijo su hermana de repente.

—¿Dos bebés? Ni lo digas. Vamos, ¿es que quieres asustarme?

—Angelet escucha... Richard no quiere que vuelvas a Dartmoor, sabes cuánto odia a tu marido por esa boda forzada y también le teme por el pagaré. Debías conseguirlo, y no lo hiciste ahora nuestro padre está muerto. Nunca venías a visitarnos por culpa de tu esposo.

—Eso no es verdad.

—Sí lo es. Por eso Richard lo odia y yo también, lo que hizo fue vergonzoso, esa boda fue un maldito trueque, os compró como si fuerais una esclava. Y ahora estás encinta y no quiero ni pensar en los horrores que debiste sufrir en esa casa. Pero ahora es tu oportunidad Angelet. Tu oportunidad de ser liberada. Richard y Justin...

—¿De ser liberada? Pero ¿de qué hablas Clarise?

—Es tu oportunidad de escapar, ¿es que no lo ves? Justin te ayudará... sabes que no podrás huir de tu marido, así como así.

—¡Calla! Estás loca, Clarise. No sé lo que estás pensando ahora, pero... no me convencerás. ¿Entonces nunca habéis enviado mis cartas a Dartmoor?

Su hermana sonrió de forma misteriosa.

—Bueno, yo las entregué al mayordomo.

—O tal vez no lo hiciste.

Al ver que Angelet la enfrentaba la jovencita retrocedió asustada.

—Regresa a la cama ahora... estás embarazada, no puedes hacer ninguna locura. Justin cuidará de ti, lo oí decir a Richard. Necesitarás un esposo ahora.

—¿Y qué demonios planea hacer Richard? No lo permitiré entiendes, no me quedaré aquí un día más.

—Claro que lo harás, olvida a ese demonio de Dartmoor. Todo ha terminado. Eres libre a hora.

—¿Libre? Están locos, todos ustedes lo están... Praxton es mi esposo y no voy a abandonarle, no lo haré. No pueden obligarme. Todo esto es una locura—Angelet sintió que todo se oscurecía alrededor. Era como una pesadilla, no sólo había perdido a su padre, sino que ahora planeaban separarla de su marido.

—Es lo mejor para ti Angelet—insistió Clarise—esa boda fue forzada entiendes, nuestro padre jamás habría dado su consentimiento.

No me mires así... Papá estaba muy preocupado por ti y Richard cumplirá su última voluntad.

Angelet no quiso seguir escuchando y abandonó la habitación.

Pensó que debía marcharse, pero su hermana dio la voz de alarma y al llegar al comedor principal dos criados le cerraron el paso. Ella los miró con altivez.

—Debo irme ahora. Preparen un carruaje por favor—les dijo.

Ellos se miraron, pero no hubo otro gesto de vacilación.

—Es muy riesgoso que salga este día, temo que se avecina una tormenta y en su delicado estado...

—¿Una tormenta? —Angelet miró a uno a y otro con desconfianza—Debo regresar a Dartmoor ahora por favor, no me quedaré un día más aquí.

—Me temo que eso no será posible señorita Hampton.

Ella miró al criado de más edad furiosa.

—Mi nombre no es Hampton sino Praxton, ¿es que lo ha olvidado?

El criado tuvo la impertinencia de no responderle y se sumó el ama de llaves recordándole lo delicado de su estado.

—Por favor, regrese a su habitación. No es prudente que camine ni tampoco que realice un viaje tan largo.

—Eso es una tontería—protestó la joven—puedo hacer el viaje. ¿Acaso olvida que vine en carruaje?

—Pero se avecina una tormenta y no sería prudente, señorita Hampton.

Angelet tuvo la sensación de que le mentían y sintió deseos de gritar, pero se contuvo. No era prudente. Mejor sería buscar a su hermano y pedirle una explicación, pero ahora no podía hablar con él pues sabía que estaba reunido con los abogados de su padre.

Regresó a su habitación resignada, pero decidida a escapar. Lo haría la mañana siguiente, luego de hablar con su hermano.

A LA MAÑANA SIGUIENTE vio una carta en su mesa de luz junto a una rosa, un pimpollo rojo y tembló. ¡Elliot! Elliot solía enviarle esas rosas.

Saltó de la cama y abrió la carta ansiosa de tener noticias de su esposo, pero esas líneas en vez de provocarle felicidad la llenaron de angustia. No podía ser él de nuevo... "Mi ángel, al fin estáis a salvo y eso me hace muy feliz, infinitamente feliz porque iré a buscaros y podremos conversar. ¿Pensasteis que os había olvidado? Jamás podría olvidaros hermosa. No ahora que falta tan poco, la felicidad parece un sueño, y esa sombra oscura se desvanece en el aire..."

¿Su enamorado secreto sabía que estaba en Forest y le había enviado una carta para decirle que era feliz de que su familia la liberara del cruel tormento que significó el matrimonio? ¡Maldito loco! ¿Es que nunca iba a dejarla en paz?

Sintió deseos de destruirla, pero por alguna razón no lo hizo.

Debía escapar de Forest Manor cuanto antes, más que nunca sentía que esa casa era casi una prisión.

Necesitaba hablar con su hermano cuanto antes pero luego de desayunar supo que había salido con Justin.

Ese día fue eterno y a media tarde, cuando Richard regresó ella lo estaba esperando en el salón principal como si fuera una visita.

Sus ojos la miraron con expresión extraña, parecía sorprendido, tal vez asustado.

—Angelet... ¿qué haces aquí? Deberías estar en tu habitación. Ve, descansa. Te ves algo pálida.

—No... no estoy pálida ni me siento mal. Richard. Debo regresar con mi esposo ahora, no puedo quedarme más tiempo aquí. Ayer los criados dijeron que había una tormenta y siempre están vigilando mis pasos como si...—Angelet no quiso enfrentarle todavía, pero esperó impaciente su respuesta.

—Pero ángel ¿por qué dices eso? Estamos cuidando de ti, luego de lo que te hizo ese malnacido... ¿cómo puedes pensar en regresar a su lado? No estáis obligada a hacerlo. Ya no.

—Pero ¿qué dices? Debo regresar ahora.

—Angelet, ¿es que todavía no lo entiendes? Te hemos liberado de ese malnacido, estás a salvo ahora. Olvida a ese hombre, ya no podrá hacerte daño.

—Pero es que él nunca me hizo daño, por favor, deja de decir esas cosas. No es verdad.

—¿De veras? Vamos, deja de fingir. Él no puede oírte. Ni podrá oír a nadie... sufrió un accidente el otro día y está grave.

—¿Qué has dicho?

—Praxton tuvo un accidente en su caballo el otro día y se golpeó la cabeza. Dudo mucho que pueda salvarse. Iba a decírtelo, pero...

Angelet lo miró aturdida.

—No es verdad...

—Me temo que sí ángel.

—No me llames así.

Él se acercó y la observó con cierta pena.

—No te creo... no es verdad. Tú mientes, lo dices para que no regrese a Dartmoor.

—No miento ángel... ¿Crees que mentiría con algo tan grave? Cálmate ¿sí? Fue un accidente. No tengo culpa alguna en eso. Además, en tu estado, ¿cómo piensas en hacer ese viaje ahora? Mamá te necesita Angelet, está muy triste. Pero saber que va a tener un nieto le da esperanzas y mejora mucho su ánimo ¿sabes? Quiere verlos nacer y también criarlos aquí, con todas las comodidades. Como debe ser. Praxton está grave y, además, sospecho que irá a la quiebra. Sí, tu marido está arruinado Angelet.

—No me importa eso, debo ir a verlo. ¿Un accidente? ¿Cuándo ocurrió ese accidente?

Richard dejó que rabiara y llorara, pero se mantuvo firme. No iría a Dartmoor, en su estado era un riesgo. El doctor había prohibido los viajes dado su avanzado estado de gravidez.

—Pero no te preocupes, si algo le pasa a tu marido serás la primera en saberlo. He pedido a mis criados que me mantengan al tanto.

—Debo estar con Elliot ahora, no puedes hacerme esto. Eres cruel.

—¿Cruel? ¿Me llamas cruel cuando acabo de salvarte de ese malnacido? ¿Acaso olvidas que nuestro padre sufrió un ataque al corazón? ¿Y por qué crees que lo tuvo, Angelet? Porque tu marido lo amenazó con enviarlo a prisión, dijo que usaría ese pagaré para hacerle un juicio. Lo obligaría a pagar hasta el último céntimo y si no lo hacía, iría a prisión y si esto no le alcanzaba... pues también lo atormentaba con amenazas. Dijo que enviaría ese documento a la prensa londinense para que todos supieran de sus negocios sucios. No lo resistió. Él mató a nuestro padre ángel, ese demonio lo hizo.

Angelet se dejó caer, no, no era verdad, no podía ser cierto. Elliot no...

—Praxton nos odia hermana, a todos. ¿Crees que hizo todo esto por amor? Desde el principio buscó la manera de vengarse y cuando vino a esta casa fue para lograr sus fines. Te compró ángel, ese malnacido dijo que cambiaría la deuda a cambio de que nuestro padre te entregara en matrimonio. Como una mercancía. Así fueron los términos del acuerdo. No fue una boda normal y juro que tuve que luchar para no matarlo ese día y que de haber tenido una pistola... no lo habría dudado. Pero no lo hice, debí hacerlo... Debí matarlo cuando tuve oportunidad.

—Deja de decir eso por favor, es horrible.

—Es la verdad. Praxton es nuestro enemigo y tú nunca debiste casarte con él ni tampoco... quedarte embarazada. El plan era pedir la anulación, tener el divorcio y no que tu quisieras quedarte a su lado. Ese hombre te ha engañado ángel, te ha seducido, pero no te merece ni tampoco te ama. Su plan era llevar a cabo una venganza. Eso es lo que planeó, lo que desea.

—Eso no es verdad. No te creo. Elliot no haría eso.

—Elliot lo hizo ángel, él mató a nuestro padre, es responsable de su muerte y tú... ¿Ahora lo sabes y aún pides por él? Pues no regresarás a Dartmoor Angelet, te quedarás aquí. Este siempre ha sido tu hogar y también de ese niño que está por nacer. Nuestro padre así lo habría querido y es lo que debe ser.

Angelet retrocedió.

—No... tú no puedes decidir eso. Es mi esposo y él no causó la muerte de nuestro padre, no lo hizo. No puedes acusarle.

—Angelet, tranquilízate. Calma. ¿Crees que me lo estoy inventando todo? Ahora no puedes razonar, estáis nerviosa y vuestro estado es muy delicado. Regresa a tu habitación por favor. Descansa y no pienses en Praxton ni en lo demás, es demasiado desagradable y triste. Deja todo en mis manos.

—¿En tus manos? Se trata de mi esposo, está grave y debo verlo. No puedes retenerme aquí contra mi voluntad.

—Sí puedo hacerlo papá lo habría hecho. Sé que él quería que te rescatara de ese bastardo. Parece que has perdido el sentido común, ese hombre te sedujo y te dejó ciega, no puedo creer que desees volver a su lado.

—No he perdido el juicio... tú no puedes retenerme aquí.

—Sí puedo Angelet, en ausencia de nuestro padre tomaré las decisiones más importantes en esta casa y eso te incluye. Tu estado es delicado, el doctor lo dijo. No puedes salir de la casa ni hacer viajes largos, debes quedarte en tu habitación hasta que des a luz a tu hijo. Olvida a Praxton, Praxton no sobrevivirá ¿entiendes? Su cabeza... no hagas preguntas ¿sí? Es un asunto muy poco delicado para tratar ahora, sólo entiende que es por tu bienestar y él de ese niño que llevas en tu vientre. Piensa en él.

Angelet retrocedió espantada, no podía creer que Praxton fuera a morir, no, no quiso aceptarlo. Era una cruel mentira de Richard para cumplir su voluntad y vengarse así del hombre que según él había provocado la muerte de su padre. ¿Preocupado por su bienestar, por cumplir los últimos deseos de sir Hampton? Angelet no le creía demasiado, de niña le tiraba del cabello y se reía de que fuera regordeta y con cabello muy enrulado. El amigo de su hermano la defendía de sus bromas crueles. Ir a la universidad de leyes un tiempo y ese viaje a la India con Justin lo había cambiado.

—Angelet deja de chillar, regresa a tu cuarto ahora. Ve y descansa. Tu estado es delicado, no puedo reñirte ni decirte más. Pero no intentes escapar de Forest, sería una locura muy peligrosa que pondría en peligro la vida de tu hijo—estalló su hermano.

—Pero es que no puedo quedarme aquí Richard, por favor... Si Elliot está grave...

No quiso escuchar, su hermano estaba empecinado en dejarla encerrada por su propio bien, hasta que le habló de esa misteriosa carta. Su enamorado fantasma había vuelto a escribirle y estaba asustada.

—¿Qué has dicho? Pero eso no puede ser.

—¿No me crees? Pues os mostraré la carta.

Fue hasta su habitación y le enseñó la carta y el pimpollo de rosa roja envuelta en una cinta blanca, atada a ella.

Richard leyó la breve misiva con expresión perpleja.

—Vaya... qué hombre tan insistente y tan loco. ¿Por qué vuestro esposo...? Pero Praxton no pudo escribir esto, es imposible.

—No fue Elliot, se trata de alguien más, él lo había descubierto. Junto con las cartas de Praxton había otras que no las había escrito él, pude comparar la letra, el trazado... y creo que ese hombre está loco.

—¿Estás diciéndome que tenías dos enamorados que te escribían misteriosas cartas de amor? Eso es... insólito.

—¿Y cómo diablos sabe este hombre que estoy aquí, Richard? Me envió cartas hace meses a Dartmoor.

—Vaya, no tengo ni idea hermanita. Vamos, tienes una panza inmensa, ¿qué demente haría esta broma? Siempre creí que era Praxton y él confesó la verdad...

—No era sólo Praxton, había alguien más, él iba a descubrirlo, contrató un detective porque estaba muy preocupado.

—Pues sí, resulta algo desagradable el mensaje. Extraño y... este hombre te conoce Angelet, sabe que estás aquí y... Aguarda. Regresa a tu habitación, yo averiguaré quién ha estado escribiendo estas cartas. No me agrada esto ángel... Estás casada con Praxton, por desgracia por supuesto y esperas un hijo de él, lo correcto sería que ese enamorado misterioso te dejará en paz. Rayos... estuve a punto de retar a duelo a ese malnacido por enviarte esas cartas ¿y ahora resulta que no era sólo él quién te las enviaba?

Justin llegó en ese momento y supo lo que había pasado.

Angelet se sonrojó cuando su antiguo enamorado leyó la carta del enamorado misterioso, habría preferido que no lo supiera.

—Tenemos que encontrar al autor de estas cartas, amigo—le dijo Richard.

Justin asintió en silencio.

—Creo que sé quién ha escrito esto—dijo de pronto.

—¿De veras?

—Es decir, tengo ciertas sospechas, pero... esto parece una venganza, una venganza de alguien que tiene suficientes razones para sentirse injuriado, Richard. Me refiero a Charles Ravenston.

—¿Ravenston? —Angelet palideció al recordar a su antiguo prometido.

Richard se mostró incrédulo.

—Angelet sospecha que el autor de estas cartas también le escribía antes de que lo hiciera Praxton por primera vez. Ravenston no conocía a mi hermana entonces.

Justin sostuvo su mirada.

—Tal vez Praxton mintió y conoció a Angelet mucho antes de ser presentados.

—Eso no es verdad, mi esposo no mentiría con algo tan grave.

—Bueno, eso parece más razonable—opinó Richard, siempre listo a culpar a su cuñado.

—No es cierto, ¿por qué mi esposo mentiría?

Justin le dijo algo en voz baja a Richard y luego la miró.

—No he querido ofenderte Angelet, discúlpame sí... por favor.

Ella no respondió y se alejó ofuscada. ¿Cumpliría su hermano la promesa de descubrir al autor de esas horribles cartas? Pero lo que más la atormentaba en esos momentos era pensar que Elliot estaba grave, debía estar a su lado.

Quiso hablar con su hermana, con su madre, pero nada más entrar en su habitación el cansancio y la angustia de ese día la vencieron por completo.

ANGELET NO PUDO HABLAR con su madre pues al despertar descubrió que su puerta estaba cerrada con llave. Aturdida pensó que estaba soñando y movió el picaporte, empujó una y otra vez sin ningún resultado. Su hermano no podía dejarla encerrada, ¿es que se había vuelto loco?

Intentó conservar la calma y tragarse la rabia que sentía porque su bebé empezó a moverse inquieto y el médico le había dicho que no debía llorar ni alterarse por nada. Como si fuera tan sencillo no hacerlo en esa casa de locos...

Pero las lágrimas rodaron por sus mejillas a media mañana cuando su hermano fue a verla para decirle que lamentaba haber tenido que encerrarla.

—Pero es por tu bien. Además, papá me lo pidió en su lecho de muerte. Me rogó que cuidara de ti... jamás debió consentir esa boda, fue un error del que siempre se arrepintió.

—Richard... ¿es que te has vuelto loco? No puedes encerrarme aquí.

Él la miró con fijeza.

—Sólo unos días, es por tu propio bien. El doctor dijo que debes hacer quietud hasta que nazca ese niño y sé que intentarás escapar para regresar a Dartmoor. Entiende que no puedes hacer eso. Tu vida correría peligro Angelet.

La joven protestó, lloró, suplicó, pero su hermano se mantuvo inflexible, inconmovible.

—Es por tu propio bien —insistió— hasta que entiendas que lo hago para cuidarte Angelet. Como debí hacerlo antes... ¡Diablos! Debí dispararle el día de tu boda, tenía una pistola en mi saco, la tenía, pero temí que... Estuve semanas practicando y te aseguro que no habría fallado pero ese desgraciado no se apartaba de ti y temí herirte y sentí terror de que eso pasara. Jamás debimos aceptar esa boda, fue un error lamentable ángel. Ahora tranquilízate. Regresa a la cama y no intentes ninguna locura, piensa en tu hijo. Es un ser inocente y no debes perderlo. No importa si su padre es ese malnacido... yo cuidaré de ti y de ese niño. Forest siempre será tu hogar ángel. Nuestro padre así lo habría querido... no había día que no lamentara haber permitido que ese demonio lo sometiera a ese cruel chantaje. Tú sólo fuiste un instrumento de su venganza. ¿Acaso crees que te ama, que siente algo por ti? No... Te engañó, fuiste seducida por un sinvergüenza Angelet. Debes entender eso y superarlo ahora porque no permitiré que regreses a Dartmoor. Luego de que nazca el bebé pediré la anulación, nuestro padre comenzó a tramitarla hace tiempo y sólo debo insistir con mis abogados.

—Eso no es verdad, Elliot me ama... siempre me amó, pero tú, tú no lo dejabas acercarse a mí Richard. ¿Por qué? ¿Por qué debía casarme con Ravenston? ¿Sólo porque papá y tú lo aprobaban?

—Olvida eso ahora, ya no importa. Intenté salvarte de ese hombre, lo reté a duelo para que te dejara en paz y ahora, por su culpa nuestro padre murió. ¿Es que no te importa saber eso? ¿Cómo puedes estar tan ciega? Papá murió del disgusto porque ese infeliz se negaba a entregarle los documentos...

Richard avanzó hacia ella y parecía a punto de hacer una locura, estaba rojo de ira como cada vez que mencionaba la muerte de su padre, una tragedia muy reciente para él.

Angelet tembló al verle tan enfadado pues en el pasado había ligado algunos tirones de cabello o cardenales en sus brazos, sabía que Richard era muy bravo si se enojaba, su madre había dicho una vez que estaba lleno de demonios que peleaba por salir y en esos momentos sintió terror de que perdiera los estribos así que lloró y le rogó que se fuera de su habitación.

Sus ojos oscuros echaban chispas.

—Me iré en cuanto prometas que no saldrás de esta habitación y que no intentarás escapar, porque si lo haces tu vida correrá peligro y no... no me fío de ti. Ese tunante te ha hecho perder la sensatez, sólo piensas en regresar a su lado y por eso deberé dejarte encerrada, pero si me entero de que has intentado escapar, hermanita...

—No lo haré, lo prometo... pero no me hagas daño, por favor.

Su mirada había cambiado al verla suplicar y de pronto, de forma inesperada se acercó y la abrazó con fuerza. Estaba temblando, conmocionado por la muerte de su padre tan reciente y su desesperación por salvar a su hermana de ese matrimonio que para él era un desastre.

—Ángel, mírame... no llores ahora. Sé que no he sido un buen hermano en el pasado, me avergüenza recordar que me burlaba de ti y también os tiraba del cabello. Pero eso no volverá a pasar, cuidaré de ti y de Clarise... lo haré. Os doy mi palabra.

Angelet secó sus lágrimas sin decir palabra, sabiendo que su hermano era un loco mejor seguirle el juego y quedarse donde estaba. Por nada del mundo habría provocado su enojo de nuevo.

Elliot iría a rescatarla, él no podía morir, estaba segura de eso.

UNA SEMANA DESPUÉS, aún encerrada, Angelet escuchó ruidos en la puerta y se sobresaltó. Llevaba días sin poder salir de su habitación, recibía la visita de su hermana de vez en cuando pero no podía abandonar esa celda. Jamás pensó que Forest se convertiría en su prisión, que por aceptar ir a visitar a su padre terminaría encerrada.

Saltó de la cama despacio y se cubrió con la capa preguntándose si Elliot había ido a buscarla, pero sin saber por qué vaciló.

Algo le advirtió que tuviera cuidado, tal vez fuera su hermano espiándola o...

En ocasiones tenía la sensación de que la espiaban, no estaba segura de ello y en realidad le parecía una locura, pero... A veces sentía una presencia cercana a su habitación y esa sensación se hizo más fuerte en esos momentos.

Pensó que el estar encerrada la estaba afectando, pensar en su esposo herido, en Dartmoor, en ocasiones temía habérselo inventado todo. Nada había sido real... pero su embarazo sí lo era y también su determinación de regresar junto a Elliot algún día, no sabía cuándo...

Contuvo la respiración al ver que alguien pasaba la llave con suma cautela y giraba el picaporte de la puerta y esta se abría despacio, muy lentamente...

Grande fue su sorpresa al ver a un desconocido irrumpir en su alcoba.

—¿Quién es usted? ¿Cómo se atreve a...?

La pregunta murió en sus labios cuando su rostro apareció a la luz tenue de la lámpara de aceite.

—Calma ángel, he venido a liberarte... Tu hermano ha perdido el juicio. ¿Cómo pudo encerrarte aquí? Ven... no temas. Te sacaré de aquí.

Esas palabras la llenaron de ilusión. No podía creerlo. ¿Entonces regresaría a Dartmoor?

Angelet lo siguió sin pensar, empacó unas pocas pertenencias y él tomó su maleta con adusto semblante.

—Te pondré a salvo. Ven.

—¿Me llevarás a Dartmoor valley?

Justin dijo que debían darse prisa.

—Primero debemos huir de Forest, Angelet, os pondré a salvo y luego, os llevaré a Dartmoor. Lo prometo.

La joven lo siguió sin sospechar nada caminando despacio y con cuidado para no ser oídos, rodeados de penumbra y silencio, tembló al pensar que pudieran descubrirles. Era prisionera en su propia casa, no podía creerlo, su hermano realmente se había vuelto loco, pero no le sorprendía demasiado sólo cumplía la voluntad de su padre.

Pero al llegar a los jardines fueron interceptados por un grupo de robustos sirvientes encargados del establo, al parecer no le sería tan fácil escapar.

—Sir Justin, ¿a dónde lleva a la señorita Hampton? —preguntó uno de ellos.

Estaban rodeados y no podrían escapar, ¡maldición!

—Me lleva a mi hogar en Dartmoor, apártese por favor—ordenó ella.

—¿A Dartmoor valley? Pero sir Richard ha dado otras órdenes y debemos avisar de esto—le respondió el criado sin perder de vista a Justin.

Este perdió la paciencia y sacó una pistola de su chaqueta y le apuntó directamente a la cabeza.

—Atrás... todos atrás o les volaré la cabeza. Abran esos malditos portones ahora.

Angelet ahogó un grito de horror al ver la pistola, pero no tuvo oportunidad de escapar pues Justin la atrapó y le ordenó que se quedara dónde estaba. Sus ojos tenían una expresión salvaje y peligrosa, nunca antes lo había visto así, tan alterado, no parecía él.

—Ven, sube al carruaje preciosa... Es tiempo de dejar atrás las sombras—dijo enigmático sin perderla de vista.

¿Qué rayos le pasaba a Justin? Angelet tuvo la sensación de que no la llevaría a Dartmoor sino a su mansión. No podía hacer eso.

—¡Angelet! —gritó una voz familiar.

Su hermano apareció en ese instante rodeado de un grupo de sirvientes armados con palos.

—Deja en paz a mi hermana Justin. ¿Qué estás haciendo? ¿Acaso planeas llevarla por la fuerza? Me siento muy desilusionado de ti.

Angelet sintió terror de que le hiciera daño a su hermano, a pesar de sus errores lo amaba.

—Richard, ten cuidado Justin... está armado y quiere llevarme lejos de aquí. Pensé que...

Justin miró a Richard sin parpadear.

—Tú me traicionaste primero Richard, eras mi amigo de infancia. Vuestro padre vendió a Angelet por un maldito pagaré, lo hizo. La entregó a ese libertino malnacido como si fuera una cosa, una propiedad que podía vender—estalló el joven con expresión furibunda—Es que me he hartado de esperar, de permanecer en las sombras.

—¿Y crees que puedes llevarte a mi hermana a la fuerza? Demonios, está en avanzado estado de preñez, perderá a su hijo y morirá si la obligas a abandonar esta casa ahora Justin. ¿Es lo que deseas? ¿Hacer daño a la mujer que amas? ¿Lo ves? Por eso nunca quise que mi hermana fuera tu esposa, estás loco Justin, tú... tienes otra cara oculta a todo el mundo, eres un zorro. Enviándole poemas y cartas misteriosas, espiándola en los jardines... pero ¿cómo lo hiciste? ¿Acaso no estabas en la India?

Justin sonrió.

—Mi familia me obligó a viajar a la India luego de terminar mis estudios, Angelet debió venir conmigo, pero era tan joven... Y cuando tuvo la edad suficiente contaba los días para volver a verla, pensé que aceptaría casarse conmigo, pero tú... tú la obligaste a prometerse con ese caballero viudo de mala reputación olvidando tu promesa.

—¿Mi promesa? ¿Cuál promesa? Angelet no te ama Justin, tú eras un amigo de infancia, casi de la familia, pero ella se enamoró de Elliot.

¿Es que no lo ves? Clama por regresar con su esposo, está esperando un hijo suyo...

—Es verdad... por favor Justin, baja el arma. Elliot no es el demonio que todos creen, él ha sido muy bueno conmigo, siempre, desde el comienzo y si hizo lo que hizo, ese chantaje fue porque estaba enamorado de mí.

Justin la miró y su expresión se suavizó, pero aún sostenía el arma y no dejaba de apuntarle a Richard.

Angelet pensó que debía distraerle, lograr que se tranquilizara y entonces le preguntó si él había escrito esas cartas. Su esposo las había apartado y dijo que no parecían cartas de un enamorado sino de un loco, las frases que empleaba delataban su desesperación no su amor.

Justin asintió despacio.

—Pensé que lo sabías ángel... Os envié las flores, encargué a mi criado que lo hiciera y también las cartas. Vivir en la India fue un tormento para mí y esas cartas eran mi único alivio. Mi fiel mayordomo las enviaba aquí sin delatar mi nombre. Es que temía tanto que me olvidaras... sé que estáis confundida, asustada por todo esto, pero nada debéis temer de mí. Jamás os haría daño. Sois la única mujer que he amado, que siempre supe que amaría y un día convertiría en mi esposa. Yo cuidaba de ti... reñía a vuestro hermano para que os dejara en paz. Richard siempre fue un villano con sus hermanas pequeñas, se burlaba de ti, os golpeaba. Pero nunca más os harán daño Angelet, yo os cuidaré. Estaréis a salvo de Praxton... ese hombre con el que os casaron a la fuerza, ¿cómo es que podéis amarle? ¿Sólo porque os hizo un hijo? No estáis atada a él por eso. Vuestro marido vivía como un libertino en Londres, jugaba a las cartas y se jugó varias herencias, y claro, cuando supo que sólo le quedaba la de su tío solterón y encontró ese documento con un negocio que era una estafa decidió usarlo en su beneficio. Tendría a la rica heredera y podría salvar esa mansión arruinada de Dartmoor valley.

—Eso es mentira, Praxton nunca hizo eso, jamás reclamó siquiera una libra de mi dote.

—¿De veras? Pues tal vez sintió vergüenza, no ha hecho más que jugar a las cartas y divertirse con las rameras de Londres toda su vida. Se lo advertí a vuestro padre, a Richard, pero ninguno quiso escucharme. Sólo querían salvar su pellejo, jamás pensaron en ti...

—Justin, por favor, tranquilízate... siempre te he querido como un buen amigo—sus ojos se llenaron de lágrimas pues de pronto comprendió que él la había amado en silencio esperando que su familia la convenciera de que él sería un esposo ejemplar. Tal vez su hermano había prometido ayudarle... Pero ese amor sólo le había traído sufrimiento, dolor y desesperación al comprender que ya era tarde pues ella se había casado con Praxton y lo amaba.

De pronto notó que a su alrededor reinaba una calma llena de tensión, su hermano Richard permanecía inmóvil, expectante, al igual que sus sirvientes que no le sacaban ojo de encima a Justin mientras este, dueño de la situación los observaba con serenidad y cierto gesto de altivez.

—No os mováis... ninguno de vosotros. Quedaos dónde estáis ahora. La señorita Hampton vendrá conmigo ahora, si intentáis detenerme deberé usar esta arma—miró a Richard con fijeza—. Sabéis que soy muy certero amigo mío, yo os enseñé a disparar, pero vos no tenéis mi puntería.

Richard lo enfrentó furioso.

—¿Y acaso esperáis matarme como intentasteis hacer con Praxton? Fuiste tú... maldita sea, ese día que fui a buscar a mi hermana tú... estabais allí, os vi.

Justin no lo negó, no le importaba...

—Alejaos de mí, hace tiempo que no os considero un amigo y tú lo sabes.

—No... No te llevarás a mi hermana—Richard no iba a permitirlo y se interpuso—¡Sobre mi cadáver malnacido! Solo sobre mi cadáver te la llevarás.

—¿Crees que puedes detenerme? Te mataría imbécil, apártate ahora.

Angelet gritó al ver que Justin apuntaba a la cabeza de su hermano sin pestañear, no podía creerlo, ¿cómo pudo ser capaz?

—No lo hagas por favor, ¿es que te has vuelto loco? ¡Es mi hermano! ¿Y tú dices que me amas? Tú no me amas—estalló.

Esas palabras fueron una provocación para Justin.

—¿Dices que no te amo, Angelet? ¿Eso crees de mí? Preciosa, sabes que moriría por ti, lo haría. Hice todo esto porque te amo, pero me harté de ser paciente, de esperar, a veces tuve la sensación de que me volvía loco—dijo sujetando sus brazos. Tenía ventaja sobre Richard pues no se apartaba de Angelet.

Ella lo miró suplicante. —Justin, no le hagas daño a mi hermano, por favor. No lo hagas... iré contigo, pero baja esa pistola. Por favor, te lo suplico Justin...

Él se quedó mirándola sin decir nada hasta que miró a Richard y dijo: —Está bien ángel, lo que tú digas... Ven conmigo ahora y todo saldrá bien. Te lo prometo. Yo cuidaré de ti.

Angelet miró a su hermano y le rogó que no intentara detenerles.

—Richard, quédate... no hagas nada, por favor—su mirada suplicante lo estremeció y entonces decidió acercarse, pese a las súplicas.

—Justin, no... mi hermana está en estado, no puede viajar ahora, el doctor lo ha prohibido—exclamó.

—Calma amigo, iremos en mi carruaje. Pediré al cochero que vaya despacio.

Pero cuando Angelet se alejaba se escuchó un feroz relincho de caballo a la distancia al tiempo que un jinete se acercaba envuelto en la oscuridad.

Su corazón dio un vuelco al ver que era Praxton quien galopaba con el ímpetu de un loco al tiempo que le gritaba a Justin que la dejara en paz.

Ante la visión de su enemigo Justin se le acercó con la pistola dispuesto a dispararle de nuevo y esta vez no fallar. Había disparado muchas veces en la India y mucho antes, cuando salían a cazar con su padre y por eso su puntería era excelente y sin embargo había fallado. Cuando acompañó a Richard a buscar a Angelet el plan era matarlo, pero el malnacido libertino se movió como si el diablo estuviera de su parte. La bala que debió atravesar su pecho sólo había rozado su hombro y allí estaba... listo para vengarse.

Angelet se desesperó al ver que era su marido, pero Justin no la dejó correr a su encuentro.

—Si te acercas lo mataré ángel, creo que no hay otra manera de acabar con esto—le susurró.

Pero Justin tuvo que vérselas con su viejo amigo, Richard no permitiría que retuviera a su hermana con una maldita arma que podía dispararse en cualquier momento, su vida corría peligro. Y sin perder tiempo dijo a sus sirvientes que lo rodearan mientras él rescataba a su hermana.

Justin arremetió contra Richard, pero este era más corpulento y esquivó el golpe mientras los criados ponían a salvo a la joven.

Entonces apareció Praxton para ajustar cuentas con esos dos, pero al ver a Angelet corrió a su lado pues su prioridad era rescatarla de esa mansión. Había pasado días infernales buscándola, la mitad de ellos tuvo que quedarse acostado porque había perdido mucha sangre y la herida debía sanar y no infestarse. Pero lo peor había sido no saber dónde estaba su esposa y el terror de perderla para siempre. Hasta que supo que su suegro había muerto y un criado le avisó que la señora Angelet había asistido a su funeral.

Ahora ella lloraba y le decía con frases entrecortadas que le había escrito cartas para avisarle que estaba en Forest Manor, cartas que seguramente jamás fueron enviadas.

—¿Estáis bien? —quiso saber.

Él sonrió y la tomó entre sus brazos y habría deseado besarla, llevarla de regreso a Dartmoor, pero antes debía vérselas con ese malnacido. Richard o Justin, uno de ellos le había disparado el día que desapareció su esposa. ¿Con qué fin? ¿Tanto lo odiaban? Sabía que Richard tenía a su hermana encerrada en la habitación, pero tenía ciertas dudas al respecto.

—Espérame aquí tesoro, ven... mis hombres te llevarán al carruaje.

Ambos miraron a los dos hombres que se golpeaban una y otra vez con furia mientras en vano los criados intentaban separarles.

Praxton acompañó a su esposa hasta el carruaje y luego regresó para enfrentar a ese par de tunantes.

—Levantaos los dos ahora. Estoy aquí para ajustar cuentas con ambos y saber quién de ustedes ha estado escribiéndole misteriosas cartas de amor a mi esposa—dijo con voz muy fuerte para que pudieran oírle.

Justin fue el primero en incorporarse, la furia lo dominaba por completo, pero Richard fue quien habló primero.

—¿De qué estáis hablando? ¿Acaso insinuáis que sería capaz de hacer algo tan monstruoso? —estalló acalorado.

—Bueno, no me sorprendería. En la familia Hampton hubo un caso hace años... un caballero mantuvo encerrada a su bella hermana durante meses para ocultar su delito de incesto.

Richard se sintió enfermo ante semejante acusación.

—Malnacido, eres un bastardo mal parido Praxton, lamentarás esta cruel infamia.

—Entonces fue Justin... ¿Ese mequetrefe era el misterioso enamorado?

El aludido lo enfrentó enseñándole la pistola que llevaba.

—Llegó tu hora, malnacido de Dartmoor, pero esta vez no fallaré.

Praxton miró a ambos y se preguntó a quién mataría primero. ¿A su odioso cuñado o al pretendiente rechazado?

—Vaya, así que eras tú, debí imaginarlo... el pretendiente tonto y desairado escribiendo cartas de amor en vez de hablar con la joven que tanto amaba. Tal vez puedas disparar, pero no escaparás a recibir tu merecido ahora... Justin.

Pero Justin tenía un arma y estaba listo para usarla esta vez sin cometer errores.

—¡No, no por favor! Es mi esposo y lo amo —intervino Angelet. Nadie había podido detenerla, en su estado abrió la portezuela del carruaje y huyó.

Todos la miraron y Praxton corrió a su lado para protegerla, pero Justin aprovechó su debilidad para intentar dispararle, pero Richard lo vio y le apuntó su pistola.

—No me obligues a usar esto amigo, vete ahora y regresa a la India. Hazlo antes de que sea demasiado tarde. Has hecho demasiado daño ya pero no permitiré que lastimes a mi hermana, jamás permitiré eso.

—¿Vas a dispararme? No, no tienes agallas.

No, no las tenía, pero la situación era límite ahora su viejo amigo le apuntaba directo al corazón, él no vacilaría en usar el arma.

Praxton lo vio todo y le gritó a Richard que se apartara. Todo ocurrió muy rápido y de pronto Justin cayó al suelo y también su cuñado.

Angelet gritó al ver esa escena dantesca y su esposo la llevó al carruaje mientras los sirvientes de Forest se llevaban a ambos caballeros a la casa para atender sus heridas.

—Buscad a la policía, ese demente puede intentar escapar o también matar a alguien. Atadle y vigiladle hasta que lleguen las autoridades —ordenó Praxton.

Los sirvientes se dividieron en dos grupos.

—Mi hermano Elliot, ¿acaso está muerto? No... —dijo Angelet.

—Cálmate ángel, no... No morirá, la bala sólo le rozó el hombro.

—No puedo creerlo... que Justin hiciera todo esto, que intentara matar a su mejor amigo.

—Ese hombre está loco, preciosa, loco de remate.

Angelet secó sus lágrimas y dijo que quería ver a su hermano.

—Aguarda, no podemos quedarnos en Forest, es muy riesgoso para todos. Acabo de salvarte de ese hombre, pero no sé si tiene secuaces en esta casa. Espero que la policía venga pronto, cuando lo haga nos iremos, pero no entraré en esa casa.

Angelet secó sus lágrimas y lo miró.

—¿Estáis bien? Es que tuve tanto miedo de no volver a verte.

Elliot supo el resto de la historia y fue inevitable que supiera que su cuñado lo culpaba de la muerte de su padre a causa de ese documento.

—Eso no es verdad, ángel. Tu padre estafó a muchas personas, algunas se suicidaron por haber perdido su fortuna, y sé que un par está preparando una demanda y lamento decirte que tu hermano heredará ese infierno. Le entregaré ese documento sí, pero no escapará al escándalo. Deberá devolver una gran parte de la herencia que acaba de recibir a quienes fueron estafados en vida de tu padre.

Angelet lo miró sin poder creerlo.

—Y él debió saberlo. Sospecho que recibió más de una visita desagradable estos últimos tiempos de abogados de esos socios que estafó.

—¿Y cómo lo sabías?

—Porque cuando fui a reclamarle ese día, hace varios meses presencié una discusión por el mismo tema. Yo no era el único heredero damnificado. Pero quiero decirte que entregué ese documento a vuestro padre hace algunos meses, en cuanto supe que estabas esperando un bebé. Cumplí mi parte, pero cuando sir Hampton recibió el documento sonrió y dijo que ya no importaba. Lo aceptó sí y se lo agradeció a mi administrador, pero murmuró una frase algo así como: "demasiado tarde para mí". Luego me enteré que dos caballeros lo habían amenazado con hacerle un juicio si no devolvía el dinero. Ignoro qué pasó, pero esto no debe afectarte, tu hermano deberá cumplir con las obligaciones heredadas.

La policía llegó entonces y fueron puestos al corriente de lo que había pasado. Elliot denunció el intento de rapto y también el ataque que sufrió hacía ya un mes en manos de ese loco.

Justin y Richard fueron atendidos por un médico, pero llevados al hospital. Las heridas del primero eran más graves pues la bala había atravesado la pierna derecha y perdido mucha sangre.

Era tiempo de volver a Dartmoor, Angelet no quería quedarse ni un día más en Forest Manor.

Cuando se despedía de sus familiares, su hermana dijo:

—Siempre sospeché de Justin, pero no creí que fuera capaz de dispararle a nuestro hermano, era su mejor amigo y lo traicionó, hizo todo esto... Sólo espero que vaya a prisión, se lo merece—Clarise lloró.

Angelet la abrazó y ambas lloraron.

Su madre también estaba muy afectada pero no dijo nada.

La pesadilla había terminado. Nada más ver la verde pradera de Dartmoor su corazón suspiró, sintiendo una sensación de paz y felicidad tan inmensa. Había vuelto a casa y su esposo estaba vivo.

Sin embargo, la angustia no la abandonó, la muerte de su padre y su hermano que intentó salvar a Praxton... No se sentía tranquila ni a salvo, la tragedia la había marcado y le costaría reponerse, lo sabía. Había estado a punto de perder a su esposo y a su hermano.

Y Richard había salvado a Elliot, al final lo había hecho.

Angelet recordó su expresión cuando lo vio tendido en una cama manchada con su sangre.

—Te pondrás bien, Richard...

Él parecía demasiado débil para hablar sin embargo dijo:

—Lo lamento mucho Angelet... Creo que siempre sospeché... Siempre supe que era Justin, pero me negaba a creerlo.

—No... No te culpes por favor. Acabas de salvarme de él. Y también a mi esposo. Pudo morir.

Él la miró fijamente.

—Justin quiso que te salvara de la boda con Praxton y sus planes... creo que hace tiempo que perdió la razón.

Ya no importaba.

Angelet se detuvo en su habitación y tomó las cartas que ahora sabía eran de Justin y las quemó en el fuego. Su único enamorado secreto era y sería siempre Praxton y nadie más.

Él la observó sorprendido desde la cama.

—Pero ¿por qué quemas las cartas? Angelet...

Ella lo miró.

—Son las que me envió Justin... Todo este tiempo ese demonio estuvo en Forest fingiendo ser nuestro amigo y nos engañó a todos.

Elliot se acercó y la abrazó.

—Ven preciosa, es tiempo de olvidar todo este asunto. Si logra sobrevivir, algo improbable en realidad irá a prisión. Todo terminó mi amor, ven aquí... casi me vuelvo loco pensando que podía perderte.

Angelet lloró cuando él la envolvió en sus brazos y la llevó a la cama, sin dejar de besarla para hacerle el amor. Había tenido tanto miedo de perderle.

Y mientras llenaba su cuerpo de besos y caricias húmedas le confesó cuánto la amaba...

—Perdóname... es que cuando nos conocimos y tú... No quise ser descortés o ignorarte, pero mi hermano me prohibió verte y además... Siempre fui muy tímida ¿sabes? Pero ahora todo es diferente, tú me has enseñado a amar, me has despertado y nunca antes, nunca creí que el amor pudiera ser así... te amo Elliot te amo tanto...

Esas palabras le provocaron una emoción intensa, tocaron su corazón, su alma entera.

—Te amo ángel, mi hermosa Angelet... esta parece nuestra primera noche de amor preciosa... es como si volviera a hacerte el amor por primera vez.

—Oh Elliot...

—Nunca más te vayas preciosa, por favor, me moriría sin ti—le dijo aun sabiendo que no había sido su culpa.

—No... nunca te dejaré Praxton, jamás haría eso...

Él sonrió.

—Lo sé, sólo bromeaba ángel.

Se besaron en silencio sintiendo que los nubarrones que habían amenazado su felicidad se habían evaporado. La oscura amenaza del enamorado secreto sería un triste recuerdo al igual que las cartas de amor que se convertían en cenizas en la estufa.

Angelet vio el humo oscuro y suspiró. Sabía que le llevaría tiempo superar esa terrible experiencia, pero se sentía fuerte para hacerlo y para enfrentar cualquier dificultad futura que llegara, su esposo estaba vivo y eso era todo lo que importaba ahora.

—Estás pensativa ángel, ven aquí, regresa a la cama—dijo él y besó su cuello con suavidad.

En sus brazos exorcizó el miedo que aún anidaba en su corazón, diablos, cuánto había echado de menos su apasionado abrazo.

—Te amo Elliot, te amo tanto—susurró ella al sentir que entraba en su cuerpo. Adoraba sentirle así, tan cerca, era un momento íntimo tan especial.

—Y yo te amo preciosa, eres mi vida...

UN AÑO DESPUÉS RICHARD se casó con su prometida, Edelaine, una fría mañana de otoño, en la iglesia del condado.

Angelet sonrió al ver a su hermano tan feliz del brazo de su amada Edelaine, había estado tan cerca de morir... habían sido días de tanta angustia. Su hermano a punto de morir por la herida de bala y ella casi había perdido a su bebé a quién llamaron Henry. No había sido un parto sencillo, pero ahora, con su niño en brazos acababa de enterarse de que venía otro en camino. Su esposo la había besado emocionado al enterarse, pero Angelet tenía miedo. El médico le había recomendado esperar, pero ¿cómo poder evitar la intimidad con Elliot? Era imposible. Lo amaba tanto.

—Tranquila preciosa, todo saldrá bien—le dijo ese día durante la ceremonia de bodas.

Ella lo miró y sonrió.

—La partera dijo que el segundo es más fácil—agregó para darle ánimo.

Ella pensó en su Henry, tan parecido a Elliot y se emocionó. Había traído al mundo un hijo hermoso y saludable, luego del parto laborioso estuvo débil durante semanas, pero se había recuperado bien y ahora el pequeñín daba los primeros pasos de la mano de su madre. Pero como era muy regordete le costaba caminar, se caía con frecuencia.

Oh, cuánto lo echaba de menos, casi no salía ni iba a ningún lado para cuidar de su hijo. En ocasiones se iba a dormir cansada pero no le importaba, a pesar de la ayuda de la niñera Anne a ella le gustaba tenerle cerca.

—Echo de menos a Henry, mi amor... esta ceremonia no termina más—se quejó Angelet.

Elliot sonrió.

—Bueno, ahora tendrá un hermanito para jugar—dijo y besó su mejilla con suavidad.

Su cuñada Clarise llegó luego de la ceremonia para presentarles a su prometido, un caballero de aire frío pariente de sir Ravenston, llamado Edmund Chaddes. Cuando Angelet lo supo se sonrojó. El recuerdo de su antiguo prometido despertó su curiosidad.

—¿Dices que es pariente de Charles, mi prometido? —le preguntó cuando estuvieron a solas.

Clarise le dirigió una mirada llena de picardía.

—Lo vi hace dos semanas, fui a Spring Valley ¿y adivina qué?

—¿Qué?

—Preguntó por ti. No se ha casado, pero... mi prometido dice que tiene una amiga viuda a quién ve de vez en cuando.

—Él ya estaba casado, Clarise—le recordó Angelet.

—No... parece que su esposa loca murió de pulmonía en el manicomio. Edmund me lo dijo. Sin embargo, al parecer no quiere casarse... y preguntó por ti. Sonrió cuando supo que habías tenido un varón, creo que todavía se acuerda de ti... por algo no ha vuelto a casarse. Tal vez espera que enviudes.

Eso último escandalizó su hermana.

—Diablos, eres incorregible Clarise. Pues yo amo a Elliot y nunca, nunca querré tener otro marido.

—Está bien, discúlpame, sólo bromeaba... Qué pequeño es el mundo ¿verdad? Por favor Angelet, ven a vernos con Henry, lo traes tan poco... Mamá dice que lo tienes muy encerrado y que el doctor Sullivan dice que eso no es bueno.

Angelet pensó que su hermana era incorregible.

—Ven tú a visitarnos con mamá y trae a tu prometido si quieres.

—¿Ahora? No puedo, tengo muchas cosas que organizar. Dios mío, a veces me dan ganas de volar a Gretna Green como hiciste tú para no tener que ensayar la boda, recibir regalos y visitas... Es muy agotador te diré, pero me encanta.

Ella pensó en su boda, celebrada con prisas y teniendo que soportar las caras largas de sus parientes. Estaba tan asustada entonces pues casi la habían convencido de que se casaba con el diablo.

—Angelet... tengo que decirte algo, no es fácil, pero...—dijo entonces su hermana menor.

Angelet se puso colorada preguntándose si tendría la poca delicadeza de hacerle preguntas sobre la intimidad. ¿Sería capaz? Esperaba que no lo hiciera.

De pronto la vio sacar una carta de su carterita.

—Llegó el otro día... es de Justin. La escribió desde la cárcel y... perdona, pero cuando vi la carta en la bandeja de plata del comedor dirigida a ti creí que era alguna amiga, sabes que a veces llegan cartas de Londres dirigidas a ti porque no saben que te has mudado y...

Angelet miró la carta temblando.

—No leeré esa carta Clarise, no me interesa. Al diablo. ¿Es que nunca me dejará en paz este loco? ¿Acaso no le alcanzó con el daño que le causó a nuestra familia, a mi esposo? —se quejó.

Su hermana menor retrocedió.

—Sí, tienes mucha razón en no querer leer la carta, pero... creo que deberías hacerlo. Él quiere pedirte perdón, es lo único que hace. Justin siempre estuvo enamorado de ti Angelet, fuiste el amor de su vida y a pesar de que actuó mal y... se volvió loco. Creo que deberías leer esta carta y perdonarlo. Te hará bien. Es tan triste guardar rencor y vivir con el corazón lleno de odio.

—Pues mi corazón no está lleno de odio, te equivocas. No odio a Justin, pero no olvido el gran daño que me hizo... Mi corazón está lleno de amor por mi familia y para mi esposo.

—Está bien, olvídalo, pero creí que debía decirte que Justin parece arrepentido de lo que hizo y desea ser perdonado, lo necesita. Está preso Angelet, ¿sabes lo que es eso?

—Sí, preso en una mansión de lujo, Elliot me lo dijo.

—No lo sé... Pero no puede salir de allí, pasará seis años más privado de libertad por el daño que hizo.

—Pues se lo merece. Estuvo a punto de matar a Elliot, a Richard... Eso no era amor, era enfermedad.

—Bueno, he oído decir que el amor es una enfermedad.

—Clarise, escúchame bien, esa carta es una excusa para atormentarme y no voy a soportarlo de nuevo. Si vuelve a escribir te ruego que avises porque rayos, ese hombre me hizo mucho daño y si vuelve a acercarse a Dartmoor en el futuro...

—No, no lo hará. Dice que regresará a la India en cuanto cumpla su sentencia. Sus padres están muy apenados por lo que pasó y han vendido la mansión del bosque y quieren que regrese a Delhi.

—Vaya, al fin me das una buena noticia.

Clarise le extendió la carta para que la leyera, pero Angelet no quiso hacerlo, para ella ese asunto estaba sepultado.

—Te entiendo sabes, pero pensé que debía decirte que Justin estaba arrepentido y te pedía perdón. Creo que ha aprendido la lección y también le escribió a Richard, pero él tampoco quiso leer la carta.

—Pues realmente espero y deseo que haya aprendido la lección y se olvide de todos nosotros. ¿Crees que Richard podría confiar de nuevo en un amigo que intentó matarlo cuando quiso defenderme de su locura? Debieron internarlo en un asilo de locos en vez de enviarlo a prisión. Era lo que merecía.

Angelet se alejó molesta y sintió deseos de marcharse. Qué sencillo era para Clarise perdonar y olvidar, era una niña mimada que no había vivido nada y cuya única preocupación era escoger las cintas adecuadas para su nuevo vestido de gala.

Elliot se acercó entonces y la abrazó y ella pensó que se moría por salir de Forest Manor y regresar a Dartmoor y lo hizo, luego de despedirse de los recién casados y de su madre.

Sólo cuando vio desde el carruaje la pradera de Stonehill suspiró aliviada, faltaba poco para llegar y se moría por tener al pequeño Henry en brazos. Odiaba salir por esa misma razón, luego echaba de menos a su pequeñín. Esa carta la había afectado, debía quitársela de la cabeza, olvidar que Justin había cometido esa nueva maldad. ¿Acaso esperaba que la leyera y respondiera que sí lo había perdonado?

—¿En qué piensas, preciosa? ¿Acaso reñías con tu hermana? —Al parecer su esposo lo había notado.

Ella lo miró con fijeza y le contó la verdad.

La expresión de Elliot cambió.

—Ese hombre es perverso, pero no temas, no se atreverá a regresar aquí y si lo hace, pues le daré su merecido. Está preso y no podrá escapar. Cálmate ¿sí?

—En seis años saldrá en libertad, fue muy poco tiempo y sabes que está en una prisión que es una mansión principesca.

—Bueno, no fue fácil acusarle porque al tratarse de un caballero rico y distinguido... nadie creía que fuera capaz de cometer una maldad.

Su esposo tenía razón, el juicio había sido infernal.

—Debieron internarle, realmente perdió el juicio.

Elliot la miró y meneó la cabeza.

—Los médicos que lo examinaron dijeron que no estaba loco, preciosa. Que gozaba de todas sus facultades y que su comportamiento obedecía a un "delirio amoroso" que no podía considerarse locura sino una dolencia secundaria provocada por el amor, por eso no lo internaron. No estaba loco, Angelet, quería que fueras su esposa y que nada se interpusiera en sus planes, pero su locura mayor no fue esa, fue pensar que tú le correspondías, pero eras demasiado tímida para demostrárselo. Él estaba convencido de eso por eso hizo lo que hizo y según me ha dicho un doctor es el delirio del enamorado que se cree plenamente correspondido.

Angelet palideció. Ahora entendía por qué ese joven tan bueno y encantador se había convertido en un demonio capaz de matar. El amor lo había vuelto loco, un amor que no era amor sino delirio amoroso como lo había llamado ese doctor. Al estar convencido de que ella también lo amaba su desesperación era tal que llegó al extremo de intentar matar a su mejor amigo y al esposo de la joven que amaba.

—De todas formas, no voy a perdonarlo Elliot, ni tampoco deseo volver a leer una carta suya. Ojalá esté arrepentido y se aleje de Devon, que entienda que todo era una locura que fabricó su mente y no algo real. Pero si está loco no veo cómo pueda distinguirlo... al demonio, no volveré a sentir miedo —se quejó furiosa.

Él la abrazó con fuerza.

—No temas preciosa, estás a salvo y te aseguro que nunca más volverá a acercarse a ti. No lo permitiré—dijo y la besó.

Al regresar a la mansión encontraron al pequeño Henry dormido como un santito, tan dormido que no quisieron despertarle.

Dejaron la nursery para encerrarse en su habitación.

Angelet quería quitarse ese vestido que la apretaba y él la ayudó.

Sus manos quitaron con paciencia los botones y desanudaron el corsé, cuando el vestido cayó al suelo sus manos atraparon sus pechos por detrás mientras sus labios besaban su cuello.

—Ven aquí preciosa, no escaparás, tenemos que festejar que hay otro bebé en camino—dijo él.

Ella se estremeció al sentir sus caricias pensando que no había nada más maravilloso que el apasionado abrazo de Elliot.

—Te amo—susurró al sentir que caía sobre ella y la llenaba con su inmensidad y todo desaparecía a su alrededor, el mundo podía hacerse humo en ese instante porque el mundo era esa cama, era él...

Él la miró con fijeza mientras la envolvía en ese abrazo apasionado.

—Mi ángel, sabes que nunca te dejaré ir, te amo tanto...—le susurró.

Don't miss out!

Visit the website below and you can sign up to receive emails whenever Camila Winter publishes a new book. There's no charge and no obligation.

https://books2read.com/r/B-A-CJN-KNQI

About the Author

Autora de varias novelas del género romance paranormal y suspenso romántico ha publicado más de diez novelas teniendo gran aceptación entre el público de habla hispana, su estilo fluido, sus historias con un toque de suspenso ha cosechado muchos seguidores en España, México y Estados Unidos, siendo sus novelas más famosas El fantasma de Farnaise, Niebla en Warwick, y las de Regencia; Laberinto de Pasiones y La promesa del escocés, La esposa cautiva y las de corte paranormal; La maldición de Willows house y el novio fantasma. Su nueva saga paranormal llamada El sendero oscuro mezcla algunas leyendas de vampiros y está disponible en tapa blanda y en ebook habiendo cosechado muy buenas críticas. Entre sus novelas más vendidas se encuentra: La esposa cautiva, La promesa del escocés, Una boda escocesa, La heredera de Rouen y El heredero MacIntoch. Puedes seguir sus noticias en su blog; camilawinternovelas.blogspot.com.es y en su página de facebook.https://www.facebook.com/Camila-Winter-240583846023283